メディアワークス文庫

消えてください

葦舟ナツ

目　次

第一章　私を消してくれませんか

「私を消してくれませんか？」

彼女がそう声を掛けてきた時、僕は橋の上にいた。

◆

七月十六日の放課後、僕はビニール傘片手に墓地を歩いていた。

細かい雨がさわさわと傘を濡らす。

平日の墓地は閑散とし、心なしひんやりとしている。

故人を象って並び立つ墓石は雨に濡れて色を濃くし、湿った空気の中には土と草の匂いが溶け込んでいる。

誰もいない墓地で自分の足音と息遣いだけがやたらと耳につく。

いくつもの墓の前を通り過ぎ、自家の一区画に足を踏み入れ、僕は母の墓石の前に立った。七月十六日……母の命日。小学五年生の時から毎年欠かさず、この日はここに来るようにしている。

墓石の両脇の銀色の花立は曇天を映して鈍く光り、その中には榊が雨粒を纏ってもたれ掛かっていた。命日の前日である昨日の日曜日に墓参りをした際に供えたものだ。淡々と榊を供えていた父の姿が一瞬脳裏を過り、すぐに消えた。

僕はさっと周囲に目を走らせた。

何となく今ここにいるところを誰にも見られたくなかった。周りに人がいないことを確認し、膝を折ってしゃがみ込み、手を合わせて目を瞑る。

手を合わせていたのはほんの短い時間だった。

形だけのお参りを済ませ、僕はそっと立ち上がった。

墓地はしとしとと降る雨に濡れそぼっている。

『――たぶんね、』

煙のような雨を眺めていると、約三か月前の幼馴染の関谷の声が蘇った。

『――世の中には知らずに済めば越したことはないことがたくさんあって、死ぬまでの間にどのくらいそれに遭遇するかはその人の持つ運によるんだと思う』

その日は同じ高校に入学して迎えた初めての週末で、僕たちは高校入学の報告をするために二人並んで母の墓前に手を合わせていた。

『あと、考えないほうが生きやすいことがたくさんあって、それをどのくらい考えてしまうかはその人の持つ性質によるんだと思う』

『……どうしたの急に？』

立ち上がった関谷を雨を透かしてまじまじと見ると、小さな違和感を覚えた。その日きちんと関谷を見たのはそれが初めてだった。綺麗(きれい)な形の額を出したさっぱりとしたショートヘア。すっと涼し気な眉に、相手に真っすぐに向ける瞳の誠実さ。いつもと同じだけれど、記憶にある顔と何かが違う。何が違うんだろうかと考えて、薄く化粧が施されているのだと気が付いた時、関谷は言った。

『どう思った？』

『は？』

『今の、私の意見について』

どこか試すような調子に何と答えていいものか言葉に詰まる。すると関谷はほんの一瞬奇妙な表情を浮かべ、僕の背中をポン、と優しく叩(たた)いた。

『──私、もう帰るね。春人も早く帰りなよ？』

そして僕をその場に残し、関谷は雨の中を去って行ったのだった。

──ぷつぷつと雨が傘を打つ。

雨脚が少し強くなった。

墓石が粛々と並び立つ墓地に一人で立っていると、まるで四月に戻ったみたいな錯覚に陥った。自分の存在が妙にちぐはぐなものに感じられ、僕は肩に鞄を掛け直してその場を後にした。


それから十数分後、僕は墓と家の中間地点にある古い石橋の上にいた。

真っすぐに帰宅する気分にはなれず、かと言って行きたい場所もなかった。自転車を漕ぎながら行先に迷っている時、何となくこの橋が目に入って立ち寄ったのだ。橋の上は濃密な水の匂いがしている。僕は濡れた欄干に手をかけて長い時間、茶色く濁った川が表面を白く泡立たせながら下流へ下流へと流れていくのを見るともなく眺めていた。

どのくらいそうしていただろう。

ある時、ささくれていた川面が滑らかになった。

雨が止(や)んだのだ。

ビニール傘越しに見上げた空は相変わらず鈍い曇天で、またいつ降ってきてもおかしくなさそうだった。僕は傘の水気を弾き、くるりと畳んでバンドを留(と)めた。

ぼんやりと橋に立っていると、

……消えたい。

ふとそう思った。そしてそう思う自分に軽く驚いた。

別に何かに深く絶望していたり、日常生活で劇的な事件が起こったわけでもない。しかし、消えたいという言葉は一度浮上すると今の気分を表す言葉としてこれ以上なくしっくりと感じられた。死にたい、とは違う。消えたい、のだ。

ざあざあと茶色い川が流れていく。

僕は強張(こわば)った身体(からだ)を解すためにその場で軽く伸びをし、再び欄干に凭(もた)れかかった。

ふう、と溜息(ためいき)が零(こぼ)れる。

こんなことを考えてしまうのは二日連続で墓参りをしたせいだろう。墓地に漂う死の気配に触発され、いつか迎える自らの終わりとそこへ辿(たど)り着(つ)くまでの途方もない過程が否応(いやおう)なく意識されたのだ。

――いや、本当にそうだろうか。

ざあざあ、ざあざあ、水音が頭の中を満たしていく。

……考えてみればこの消えたいという気持ちは言葉にならないだけでずっと前から漫然と胸の中に存在していたような気がする。——何か思い出しそうになる。記憶に靄がかかっている。

この気持ちは、一体いつから——

「あの」

背後から澄んだ声がして、ドキっとして物思いから醒めた。

さっと振り返り、息を呑む。

高校生だろうか。いつの間にか同い年くらいの見知らぬセーラー服姿の女の子が二、三歩離れた場所に立っていた。

彼女は真っすぐに僕を見つめ、言った。

「私を消してくれませんか？」

僕は混乱した。

一瞬、幻覚を見ているのだと思った。ふと頭に浮かんだ消えたいという願望が胸の外に飛び出してしまったのかと。しかし彼女の姿は幻覚にしては現実的で、現実にしてはどこか様子がおかしかった。

彼女はなんというか、濡れていた。

びしょ濡れというほどではない。先ほどまで降っていた雨のせいだろう。綺麗に伸びた黒髪の毛先は水気で束になり、濡れた白いシャツが乳白色に透けてところどころ肌に張り付いている。濡れているせいか暗さの加減か、肌と景色との境界線がどことなく淡く感じられ、彼女を象る線の一つ一つが繊細で柔らかい印象を受けた。

そして彼女は小刻みに震えていた。

「……大丈夫ですか？」

戸惑いつつ、反射的に言葉が出る。

「え？」

彼女は気を挫かれたような顔をした。

「いや、なんか震えてるんで……」

指摘されて初めてそのことに気が付いたみたいに、彼女はちらっと自分の身体を見下ろし、

「……さむくて」

と小さく苦笑した。

「さむい？」

僕は思わず聞き返した。彼女はこくりと頷(うなず)いた。

「はい。でも、さむいのは平気です」

今日はどちらかと言えばじめじめとした蒸し暑い日で。僕はどうしていいかわからずに、ポケットからハンカチを引っ張り出し、軽く皺(しわ)を伸ばして彼女に差し出した。

「よかったら」

濡れたままでは風邪をひいてしまうだろう。さむい、と言っている時点でもう手遅れかもしれないが。目の前にハンカチを差し出され、一瞬、彼女の瞳が迷うように揺れた。彼女の髪の先端に宿った雫(しずく)が重力に耐えかねたようにポロ、と零れる。

「拭いてください」

僕はハンカチを軽く掲げ直した。

「ありがとうございます」

彼女はそれが硝子(ガラス)細工か何かであるかのように怖々とした様子で受け取った。濡れた髪にぎこちなくハンカチを押し当てる彼女を前にして僕は動揺から少しずつ醒めていった。

「あの、消す、って……？」

問うと、彼女は困ったように笑った。

「私、幽霊なんです。ずいぶん前に死んでしまって。それで……上手く消えられなくて……消えたいんです」

「ゆうれい？」

ゆうれいって、幽霊のことだろうか。

「はい」

彼女は頷いた。

「おかしなことを言ってるって、わかっています。ただ、自分ではどうすることもできなくて」

……消えたい幽霊？

僕は思わず彼女を見つめた。彼女も僕を見つめた。その目は柔らかく澄んでいて、嘘や冗談を言っているようには見えない。

また一つ、彼女の髪先から透明な雫が落ちた。

それを目で追いかけて彼女の足元が視界に入る。……足はある、ローファーも履いている、影はない。いや、そもそも今日は光が厚い雲に飲み込まれて物という物の影がない。ただ、濡れた橋に彼女の輪郭が染み出すようにほんの微かにその姿が映っている……。

――少なくとも彼女は普通の人間とは様子が違う。

彼女の姿は小一時間前に訪れた墓地で小雨に霞んでいた墓石を思い出させた。生気がない、というわけではなくて、むしろ彼女から染み出す気配や存在感は生身の人間よりも生々しい感じがする――幽霊だと言われてしまえばそうなんだろうな、と思わせる不思議な説得力を彼女はその身に備えていた。

もし、本当に幽霊なのだとすれば彼女は墓地からずっと憑いてきたのだろうか。そんなことを考えていると、彼女は言った。

「あの、急にこんなお願いをして迷惑かな、とは思うのですが、もし、できれば、私が消えるのを手伝ってはもらえませんか？」

悪ふざけをしている様子はなく、彼女は申し訳なさそうでさえあって、僕を極力怖がらせないようにと気遣っているように感じられる。

どうしよう、と思った時、生ぬるい風が吹き、むわっと雨の気配が匂った。

僕はちらっと空を見た。

――また雨が降り出すだろうか。

たくさんの雨を含んだ厚ぼったい雲は、ほんの小さな刺激で呆気なく破れ落ちてきそうに見えた。薄暗い空の下、雨に濡れて橋の上にぽつんと佇む彼女は頼りない……。

僕は小さく息を吸い込んで、言った。

「――少し歩きませんか。歩きながら話をしましょう」

もう少し話をしてみようと思った。

まだ家に帰る気分ではなかったし、危なそうだったら逃げればいい。何より、彼女が本当に幽霊なのだとすれば消えられないとはどういうことなのか気になった。

僕たちはそんな風に出会い、二人で橋を渡り始めた。

彼女をこの世から〝消す〟ために。

◆

目覚ましが鳴っている。

僕は手探りでボタンを押し、ベルを止めた。

しんと静まり返る部屋。

時計の秒針の音。

家の前を走り去る車のエンジン音。

どこか遠くで夏の虫の声がする。

薄目を開けると青いカーテンの隙間から射し込む光が部屋にぼうっと拡散している。寝る前にちゃんと閉めそびれたらしい。目を擦りながら朝陽(あさひ)を見て思った。今日もちゃんと朝がきた、と。

タオルケットを被(かぶ)ったまましばらくぼんやりとしていたけれど、ややあって身体を起こした。部屋を出て階段を下り、洗面所で顔を洗う。朝食の支度をしようと冷蔵庫を開けて中身を確認していると、

「おはよう」

父が背後を通った。その背中をちらっと見て、僕もおはよう、と挨拶を返す。

いつもと変わらない朝。

冷蔵庫からレタスを一玉、保護ケースに入った卵を二つ取り出して扉を閉める。流しでレタス数枚を水にさらし、水気を切って皿の上でちぎっていると、父が新聞紙片手に戻ってきてテーブルに着いた。

フライパンをガスコンロに乗せ、コンロのつまみを捻る。ボッ、と青く揺らめく炎とガスの匂いが立ち上った。

フライパンに油をサッと引き、その縁に軽く卵を打ち付けて割り入れる。一つは綺麗に割れたが、もう一つは力の入れ具合が良くなかったのか失敗してしまった。壊れた黄身が熱でところどころ色を変えながらフライパンの縁に沿ってツーと流れ出す。

僕は流しの引き出しから菜箸を取り出し、二つの卵を搔き混ぜてスクランブルエッグにした。軽く塩胡椒を振って、ものの数十秒で完成。

皿に載せてテーブルに置くと、

「ありがとう」

父は大きく広げた新聞から目を上げ、僕と皿を見比べた。

「スクランブルエッグか。珍しいな」

卵が一つ、壊れたから。

そう口には出さず、僕はうん、と短く頷いた。

スクランブルエッグを作るのは卵を割ることに失敗した日だけだ。そして失敗したのはかなり久しぶりだった。ここ数年は慣れもあって毎朝綺麗に割れていたのだ。

「いただきます」

どちらからともなく食パンにスクランブルエッグを載せ、ケチャップを絞る。

「うん、うまい」

一口齧って父は言う。それきり言葉はない。父も僕も無口なほうだから、そのまま黙々と食べ進める。チ、チ、チ、と規則的に時を刻んでいく時計の秒針と網戸越しの陽光、小さく絞ったテレビの音、小鳥の声、時折家の前を通り過ぎていく車の音。

いつもと変わらない光景。

食パンを口に運ぶ。……いつもの味。

僕はゆっくりと日常の味を噛みしめた。僕と父がこうやって二人で暮らすようになったのは、今から六年前の昨日。二〇××年七月十六日からだ。

その日のことは上手く思い出せない。思い出そうとすると頭がぼやっとする。あまりに急に色んなことが起こって、あまりに急に色んなことが過ぎ去って行ったから僕の中で整理が追いつかなかったのだと思う。

二〇××年七月十六日。

もう少し詳しく言うと、二〇××年七月十六日午後四時五十一分。ただし、厳密に言えばそれは正確ではなく、医師が母の死亡診断を下した時間だ。真に正確な瞬間は誰にもわからない。生と死の境界線は科学的に解明されておらず、死には明確な定義がないからだ。そのため人は、『一般的にこの状態になると再び目を覚ますことはない』という死の三兆候、心臓の停止、呼吸の停止、瞳孔反射の消失を以て〝死んだ〟と判断されるらしい。

いずれにせよ、母の命がこの世界から消えてしまった時、僕は学校から家へと帰る道の途中にいてその瞬間のことを全く認識していなかった。僕の知らない間に母は生死の境目を跨ぎ、世界は母がいない世界に切り替わっていて、その瞬間からずっと、僕は母がいない世界を生き続けている。

父と二人で。

「ごちそうさま」

父は食べるのが遅い。先に朝食を平らげた僕は父を一人席に残し、自分の分の皿とグラスを持って立ち上がった。

流しで蛇口を捻る。力を入れ過ぎたのか冷たい水が勢いよく迸って透明なグラスの中に細かい気泡が回り、すぐに溢れ出した。水を止め、スポンジに洗剤を垂らし、泡立て、擦り、流し、拭いて、食器を棚に戻す。それから一旦部屋に戻って高校の制服を手に取った。入学から早三か月。制服の手触りだけはようやく肌に馴染んできていた。制服に着替えて鞄を肩に掛け、振り返る。

リビングを通る時、父は普段と変わらない様子でテーブルで新聞を読んでいた。

――僕は昨日、恐らく幽霊に出会った。

きっとそれは異常なことなのだと思う。だから、もしかしたら僕の精神や日常に何らかの影響が出るのではないかと思っていたけれど、今のところこれといった変化はないようだ。

「いってきます。ゴミ、出しとく」

台所の脇に用意しておいたゴミ袋をさっと手に取る。

「いってらっしゃい」

後ろから静かな声がした。僕は後ろ手にドアを閉め、外の眩しさに目を細めた。空が青い。今日も暑くなりそうだ。

駅まで自転車を漕ぎ、駐輪場に停め、いつもと同じ時間の電車に乗る。車両の中の顔触れはいつもとほぼ同じ。三駅目で降車し、駅から十五分歩き、始業五分前に教室に着いた。そして、わいわいと賑わう教室の中に一歩足を踏み入れた途端、水槽の中に入ったみたいに心なし酸素が薄くなったように感じた。

一生の中で一時訪れる〝青春〟という舞台の上を若い血を頼りにきらきらと踊るこ

とが高校生の望ましい姿だとしたら、僕は高校生に向いていないのだと思う。

この日三度目の授業終了のチャイムが鳴る。

起立、礼、着席。

チャイムの余韻を掻き消すようにあちこちで生徒がガタガタと椅子から立ち上がり、その振動が机に突っ伏している僕の足から腹のあたりまで這い伝わってくる。

授業の合間の休み時間。

「それマジで!?」「ヤバいんだけど!」「ヤバいっしょ!!」ノリと雰囲気に任せた中身がない会話が頭上を飛び交う中、僕はひたすら腕枕の中で目を閉じて時間が過ぎるのを待っていた。

きっと身体でいう平熱のようにテンションにも基礎的な温度があって、僕のそれは標準的な高校生よりもだいぶ低い。高校生に相応(ふさわ)しい高めのテンションを保持して活動するためにはある種の無邪気さか演技力が必要で、僕にはない。無邪気さも、演技をしてまで周囲に馴染みたいと思う気持ちも。

望みがあるとすればただ一つ。静かに過ごしたい。それが性に合うのだ。静かに過ごすことさえできれば僕にはそれで十分で。

しかし、周囲はそうは思わないらしい。

「あの人いつも寝てねー⁉」

教室の後ろの方から大きな声がして、ああまた自分のことを言ってるな、と思った。

「友達いないんじゃね？」

背中にぽこん、と微かな刺激。

「やめろよ山内(やまうち)。カワイソーじゃん」

「ちげーよ。違うんだって！　手が滑っちゃったんだって！」

山内がお道化て弁解するフリをし、遅れて腰のあたりに先ほどと同じ刺激があった。どっと笑い声が上がる。

その後も何度か背中に小さな刺激を感じつつ僕は同じ姿勢を保ち続け、チャイムが鳴った時、ゆっくりと顔を上げた。

籠った腕の中で火照った頰に常温の空気が涼しい。瞼(まぶた)を腕に押し当てていたせいでピントが合うのが微妙に遅れる。ぼんやりと霞んで色彩が滲(にじ)み合う教室に数学の教科担任が入って来た。

起立、礼、着席。

カ、カ、カ、と響くチョークの音。

黒板に書かれた英数字の羅列。

教室に白く浮かび上がる同級生の背中。

ブーンと鈍く伸びる飛行機のエンジン音。

シャーペンを手に取った時、斜め前に座る生徒の足の脇に無造作に転がる消しゴムの破片が目に留まった。

窓の外ではもったりとした夏の風が吹いている。

僕はカチカチとシャーペンの芯を出し、板書をノートに書き写し始めた。

時々風に流された雲が太陽を覆い隠し、その度に教室が緩やかに明滅した。

授業中、僕は幾度となく昨日の幽霊の彼女とのやりとりを思い返していた。


川沿いを並んで歩き出しながら僕は彼女に尋ねた。

「僕は泉(いずみ)っていうんですけど、名前、なんていうんですか」

人二人がようやく並んで歩ける幅の道。両側を夏草に覆われた古いアスファルトの道は川の流れに沿うように蛇行しながら遠くで霞みの中に消え、どこまでも続いているように見えた。

「私の名前、ですか？」

彼女はまるでそこから言葉を取り出そうとしているみたいに視線を曇り空に移ろわ

せ、少し考え込んでから言った。

「……サキ、って言います」

「サキ？」

「そうです」

サキは微かに笑った。

笑うとそれまでピンと張り詰めていた彼女の周りの空気がふわっと綻んだ。彼女は笑っている。笑っているけれど何故かほんの一瞬、泣き出しそうにも見えた。

「あの、名前は？」

サキが聞き返してくる。

「泉です」

「イズミは苗字ですか？」

言われて初めて自分の苗字が苗字にも名前にもとれることに気付く。

「泉は苗字で、名前は春人です。季節の〝春〟に〝人〟という字で、春人」

サキは頷き、音の響きを確かめるように呟いた。

「春人君」

身内以外から下の名前を呼ばれるのは久しぶりで何だか不思議な感じがした。

「えっと、苗字は……？」

僕がサキに聞くと、彼女は少し困ったように笑った。

「忘れてしまったみたいです」

「え……あ、そうですか」

自分の苗字を忘れるなんてことがあるのだろうか。ああでも、幽霊であればそういうこともあるのかもしれない。幽霊がどういうものかはよくわからないけれど。

会話が途切れ、川音が心なし大きくなった。

僕はサキに何かを聞きたいと思った。

聞きたいことがたくさんあるような気がする。しかしそれらは次から次へと湧き出しては言葉になる前に頭の中で散らかって消えていった。質問をする代わりに、僕はこっそり息を詰めて彼女の気配に耳を澄ました。そうやって僕は彼女に生の証拠を、或いは死の証拠を見出そうとした。……彼女が息をしている様子は感じ取れない。

「消してください、って自分から頼んでおいてなんですが――」

サキが沈黙を破り、僕は我に返った。

「――実は消える方法が全くわからないんです」

意表を衝かれた。

「何かやりたいことがあるんじゃないんですか？」

「いえ」

「心残りになっていることがあるとか」

「それが……ないんです」

「でも……」

まだ彼女が幽霊だと信じ切っているわけではないけれど、幽霊がこの世に留まっていることには何かしらの理由なり目的があるのだろうと思う。僕が思いつくのは未練だ。叶えたら消える。そういう類のことを一人ではできないから手伝ってほしい。消す、というのはてっきりそういう意味なのかと思っていたけれど……。

「私には意志がないんです」

僕の疑問を汲んだようにサキが言う。

「きっと、これが欲しいとか、あれをやりたいとか、恨みとか憎しみとか、何かしらの強い感情を持っていれば、それを原動力に行動できるのかな、と思うんですけれど……本当に何もないので、何をどうしたらいいのかわからないんです」

「それなら僕ができることはあまりないんじゃ……」

「そうかもしれません。でも何て言うか……自分なりに消えるために色々試してきたのですが、どれも上手くいかなくて。自分一人ではきっともう限界なんだろうと思いました。……だからもし、春人君に負担のない範囲で手伝ってもらえればありがたいんです……もちろん、断ってもらっても大丈夫です」

彼女の言葉を消化するのに少し時間がかかり、すぐに答えることができなかった。

「——サキ、さんは」

呼び方を迷って言葉に詰まる。少なくともサキちゃん、という雰囲気ではない。僕の迷いを感じ取ったのか、彼女はちょっとだけ笑った。

「サキでいいですよ」

「はい。えっと、でも、そもそもどうして消えたいと思うんですか？」

「死んだらやっぱり、どこかに還っていくべきなのかな、って。きっとそれが自然の摂理ですし。それに、こうやって延々と彷徨っているのは……」

サキは最後まで言わずに言葉を濁した。

一瞬の沈黙の後、彼女は思い出したように空を見た。

「……暗くなる前に戻りましょうか」

言われて僕は辺りが暗くなりつつあることに気が付いた。そして引き返すために振り向いて、橋が思っていたよりも遠くに見えることに驚いた。

　帰り道、僕は彼女にいくつか質問をしてみた。

　住んでいた場所や通っていた学校、入っていた部活動、家族構成、友達のこと。一つ質問をする度に彼女は懸命に記憶を辿（たど）っているようだったけれど、どの質問にも最後には申し訳なさそうに、わかりません、と肩を竦（すく）めた。苗字や名前の漢字を忘れている時点で想定はしていたが、彼女は名前の音以外自分のことを何一つ覚えていないようだった。

　ふわりふわりと手応えのない問答を重ねながら歩いている間に薄暗い空は暗さを増していった。

　橋に着き、薄闇の中で僕たちはどちらともなく顔を見合わせた。

「サキはどこに帰るの……？」

　僕の問いに、今度は彼女は、わかりません、とは言わなかった。その代わり曖昧に笑った。意味深に笑顔ではぐらかしているというよりは、答え方に迷い、困っているような笑い方だった。

　あまり突っ込まないほうがいいのかもしれない。僕は話を逸（そ）らした。

「明日の午後五時くらいにもう一度ここで会う、っていうのでもいいですか？」

「いいんですか？」

「はい」

「じゃあ、明日。お願いします」

礼儀正しく頭を下げたサキはしかし動き出す気配がない。どうやら見送る体勢に入っている。彼女がどこかに帰るためには僕が先に橋を渡る必要がありそうだった。橋のすぐ袂(たもと)に停めてある自転車まで歩いていくと、サキは途中までついてきて橋の南際で立ち止まった。

僕は自転車に鍵を差し、ストッパーを蹴ってサドルに跨(またが)り、帰ろうとして動きを止めた。――何かが引っ掛かる。なんだろう。何か大事なことを見逃している気がする。

ああ、そうか。そうだ。

「もし消えられそうだったらそのまま消えていいですよ。来なかったら、消えたんだな、って思うだけなんで」

僕との約束が足枷(あしかせ)になって消えられなくなってしまったら元も子もない。

サキは頷いた。そして、何か言いたげな顔をした。

僕はペダルに置いた足の力を抜いて彼女の言葉を待った。ややあって彼女は小さく首を振り、ありがとう、と微笑(ほほえ)んだ。もっと言葉が続くような気がしたけれど、それだけだった。

「それじゃ……また」

僕が言うと、

「また明日」

彼女は小さく手を振った。

そして僕は自転車のペダルを強く踏み込んだ。

昨日はそうやって、別れた。

岩から水が沁み出すように、ゆっくり、ゆっくりと時間が進む。

五時間目、日本史。

単調な教科書の読み上げが眠気を誘う。

ちらちらと時計を見ながら、夏は苦手だ、と思う。暑くて怠い。気を抜くとすぐに頭がぼんやりとするし、汗をかくのが煩わしい。それに、陽が長いせいかいつまで経っても外がぎらぎらと明るくて時間の経過がわかりにくい。

ホームルームが終わり、さっさと教室を出ようと荷物を整理していると、白い影が僕の脇を掠めて教室を出て行った。関谷だ。祖父のお見舞いに行くためだろう、最近帰りが早い。僕も一拍遅れて教室を出ると、廊下は別のクラスの生徒で混み始めてがやがやとしていた。その隙間を縫うように歩いて昇降口を目指す。

タイル地の昇降口はひんやりとしていた。

下駄箱からスニーカーを取り出し、爪先を入れ、靴紐をいつもよりもきつく結ぶ。外に出ると夏の熱気がむっと肌に纏わりついてきた。

校門を抜け何本か道を曲がり、日陰のない真っすぐな大通りに出ると直射日光に熱せられたアスファルトがゆらゆらと空気を歪め、数十メートル先の道の上に水溜まりの虚像ができていた。

陽炎はある地点まで近づくとふっと立ち消え、遠くにできた。

近づく。消える。遠くにできる。

それらを繰り返しながら駅へと向かい、電車に乗る。

発車音。

カタン、と小さく車両が揺れて、ゆっくりと景色が流れ出す。

空調の効いた車内に座っていると徐々に汗が引いていった。車内には同じ学校の生徒がわいわいと入り乱れ、前の席に座っている他校の学生が携帯を操作しながら大きな欠伸をし、その隣で小柄なおばあさんがうたた寝をしていて、窓の外に視線を転じれば、そこには気怠い田舎の夏景色が広がっていた。

――僕はこれから幽霊に、或いは幽霊の振りをしている人間に会いに行く。電車の人工的な涼しさの中で改めて考えてみると、それはなかなか奇妙なことに感じられた。

カタン、コトン。

電車が走る。

カタン、コトン。

電車が止まる。

乗客を数名入れ替えて、電車がまた走り出す。

二つ目の駅でおばあさんが降り、三つ目の駅で僕も降りた。

走り去る電車の音を背中で聞きながら改札を抜け、駐輪場へ向かう。駐輪場で自転車を引き出し、そのまま約束の橋を目指して漕ぎ出そうとし、僕は思い直って方向転換をした。

二十分後。

僕は自宅の軒先に自転車を停め、玄関の傘立ての中から大きめのビニール傘を選んで引き抜いた。そして傘を自転車のフレームに挿し、橋に向けペダルを漕ぎ出した。

◆

果たしてサキは昨日僕が立っていた橋で一人、川を眺めていた。

夏の陽は長い。午後五時を回っているというのにまだまだ明るい。あと一、二時間で暮れていくとは思えない空の下で彼女は橋の欄干に手を添え、何か考え込んでいるように見えた。僕はちらっと彼女の足元を見た。そこから伸びた黒い影は橋の床でぷつりと途切れ、続きは橋の影と一緒に川に落ちている。

——彼女は影を持っている……ということは、実体があるのだろうか。

橋の手前でハンドブレーキを握ってスピードを落とし、疎（まば）らな通行の邪魔にならないよう端に寄せて自転車のスタンドを立てると、音で気付いたのかサキが顔を上げた。

「こんにちは」

彼女の声は涼しく澄んでいて、水音や夏の虫の声、鳥の囀（さえず）りや遠くで揺らぐ風の音、たくさんの音の中を真っすぐに伸びて雨が土に沁み込むようにすうっと僕の耳に馴染んだ。昨日はそこまで意識していなかったけれど改めて聞くと綺麗な声だ。

「遅れてごめん。待たせた？」

「ううん。来てくれてありがとう」

　サキは夏の光に縁取られ、髪や瞳が光に透けているせいもあって昨日の曇天の下で見た時よりもさらに輪郭が淡く見える。

「大丈夫だった？」

　僕が聞くと彼女はきょとんとした。

「ほら、濡れてたから。風邪とか……」

　少し間を置いてサキは頷いた。

「大丈夫だったよ、ありがとう。春人君は？　風邪ひいてない？」

「うん。僕は別に……」

　言いながら僕は頭を掻いた。

　約束をして来てみたものの、落ち合って具体的に何をするかまでは決めていない。この後どうするべきかと迷っていると、彼女が遠慮がちに切り出した。

「昨日みたいに歩きながら話をする、っていうのでもいいかな？」

「うん、そうしよう。……どっちに行きたい？」

　サキが行きたい方向に行くのがいいだろう。直感的にそう思って聞くと、サキは北を指した。僕たちは昨日と同様、北に向かって二人で橋を渡り始めた。橋を渡って右に折れ、東に向かって川沿いを歩く。

ちょろちょろと流れる水の音。蛇行しながら延びる細い道。草いきれと川の匂い。昨日雨で濁っていた川が今日は幾分澄んでいて、川面は緩やかな風に撫でられ蒼くさざめいていた。昨日と全く同じ道だけれど、晴れているせいか全然別の道に見える。サキの歩調も昨日より心なし軽やかだ。

「昨日からね、ずっと昔のことを考えてたんだ」

歩きながらサキが言う。

「昔のことって？」

「住んでいた町とか、学校とか、友達とか、家族とか。春人君が聞いてくれたこと」

「ああ」

「でもやっぱり自分の名前しか思い出せなかった」

「そっか」

「うん。思い出せなかった。いつどこでどんな風に死んだのかも」

それはサキにとっては繊細な問題であるだろうし、百パーセント彼女が幽霊だと信じていないせいもあって昨日は敢えて聞かなかったことだった。だから僕はできるだけ普通に返事をした。

「そっか」

すると、着地を迷うように彼女の歩調が鈍った。

「……春人君、あの」

僕はサキの横顔を見た。

髪の陰に隠れてその表情は読めない。彼女の向こう側では川面がきらりきらりと瞬くように光っている。彼女は前を見つめたまま言った。

「もし春人君が私が消えるのを手伝ってくれるなら、それは私にとって、とてもありがたいことで」

「うん」

「……ただ私は、消えるかもしれないし、いつまで経っても消えないかもしれない。だからもしもこの先春人君が――色々迷ったりした時には、自分のことを一番大事にしてほしいです」

「わかった」

サキはそっと僕を見た。

「――本当に？」

「わかってるよ」

「一つ聞いてもいい？」

緩やかに立ち止まったサキにつられて足を止めると、彼女は心なし緊張した顔で軽く両腕を広げた。

「春人君には私のこと、どういう風に見えてるの？」

サキの背後で光がゆらゆら揺れている。彼女の目の虹彩や睫毛の陰まで見える。正面から向き合われて僕は何となく焦った。身体を無防備に目の前に晒されてしまうと却ってどこを見ていいのかわからず、僕は彼女の頬や脛のあたりをちらっと見て、視線を逸らした。

「……けっこう普通」

「それは生きている人みたいっていうこと？」

「んー、どうだろう」

たぶん彼女は幽霊なのだろう。こうやって彼女を前にして話をしているとそう思う。ただそれはあくまで感覚的な印象であって、僕にはまだその漠とした感覚が何に由来しているのかがわからない。

「――普通よりも輪郭が淡い感じはする。目の錯覚の範囲内かもしれないけど」

「それじゃ、あまり幽霊っぽくは見えないんだ？」

サキは自分の掌を眺めた。

「うん、そうだね」

　僕はふと思った。

「サキは人から自分がどういう風に見えているか把握してないの？」

「ずっと一人でいたから」

「ずっと、ってどれくらい？」

「どれくらいかなぁ……」

　ふ、と明かりが落ちるようにサキの目から色が消えた。いや、まるで彼女の中で周りの景色が消えてしまったようだった。でもそれもほんの僅かな時間で、サキは緩やかに笑った。

「一、二年かな」

　誰とも接触せずに一、二年を過ごすのはどういう感覚なのだろう。ちょっと想像がつかない。

「そっか」

　僕の意味のない相槌に、

「うん」

　サキ静かに頷いた。

「あー……じゃあ、これからどれくらいのペースで会うようにする？」

「春人君は部活には入ってるの？」

「特には」

「掃除当番とかあるよね」

「掃除当番はあるけど来週からは夏休み」

「そうなんだ」

週一とか三日置きとか、お互いにいくつかの案を出し合い、でも結局、会う度に次の予定を決めることになった。サキが今にも消える可能性がゼロではないので、先の予定はあまり決めないほうがいいのだ。

そろそろ帰ろう、という彼女の提案で僕たちは道を折り返した。

「もう一つ、最初に決めておきたいことがあるんだけど」

来たばかりの道をゆるゆると歩きながらサキが言う。

「何？」

「一回に会う時間を決めない？」

「どうして？」

彼女はちらっと背後を振り返った。

「この道って、どこまでも続いているように見えるでしょう？　何かで区切りを決めておかないと春人君も私も引き返すタイミングが摑めなくなると思うの」

「確かに」

僕たちが今歩いている道は前後に延びるばかりでこれといって目印になるようなものがない。自分たちで区切りをつけなければどこまでも行けてしまうように見える。サキの言うとおり、予め終わりを設定しておくのはとても適切なことに思えた。それに、そうしておけば毎回帰るタイミングを迷わずに済む。

「一時間はどう？」

「私もそのくらいがいいと思う」

そうこうしている間に、僕たちは橋に戻って来た。西の空では太陽が赤く燃え、橋も川もサキも僕もオレンジ色に染まり、帰るにはいい頃合いだった。

「次、どうしようか？」

僕が聞くとサキは少し考え込んだ。

「……三日後、とかは？　今日と同じ時間で」

金曜日か。

「うん。じゃあまた金曜日に」

「また、は使わないようにしよう」

言われてみれば確かにそうだ。約束が未練になってしまったら元も子もない。

「わかった……あ、そうだ、ちょっと待ってて」

僕は傘の存在を思い出し、橋の袂に停めた自転車のフレームからビニール傘を引き抜いてサキの元に戻った。

「これ。雨が降ったら使って」

傘を差し出すとサキは躊躇（ちゅうちょ）した。

「悪いよ」

「いいから」

「でも」

「消えたら返さなくてもいいから。雨が降る度に濡れてたら風邪ひくよ」

「私、風邪ひけないよ？」

ひかない、ではなく、ひけない。

——まるで風邪をひこうとしたことがあるかのような言い方だ。

遅れて自分でもそのことに気付いたらしい。彼女は、あ、とバツが悪そうな顔をした。……昨日、消えるために色々試したとサキは言っていたけれど、彼女がこれまで消えるために試した〝色々〟にはそういうことも含まれているのだろうか。

「雨の日は傘を差したほうがいいと思うよ」

半ば強引に傘を押し付けると、サキはそれをぎこちなく胸の前に抱いた。

僕は彼女に背を向け、自転車まで歩いて行った。

スタンドを蹴り、サドルに跨りちらっと振り返ると、サキが橋で所在なげに佇んでいた。昨日同様、動き出す気配はない。彼女がどこかに帰るためにはやはり僕が先に動く必要がありそうだった。

「じゃあね」

と僕が言うと、

「うん、ばいばい」

彼女は頷いて小さく手を振った。

僕はペダルを踏み込んでその場を後にした。

◆

三日後、時間ぎりぎりで教室に入って行くと、ギャハハ！　と後方の席で馬鹿笑いが弾けた。窓際の後方を中心に派手なグループの人間が集まり、その中の一人が窓際の後ろから三番目の席——僕の席——に座って仰け反って笑っていた。

「でさぁ、あいつマジでさぁ」「ええ!? 何それクソじゃん!」

ここ数日、僕の席は彼らの溜まり場になっている。近くまで行っても気付かれず、

「……席、いい?」

声を掛けると、場の空気がふっと白け、僕の席に座っていた生徒がダルそうに溜息を吐き、

「うわ、来ちゃったよ」

聞こえるか聞こえないかくらいの小声で吐き捨てて立ち上がった。他の人間も彼に倣い、僕の脇を通って散り散りになった。

ガタ、と椅子を引いて席に座る。

鞄から教科書を出していると、視界の隅で視線を感じた——関谷だ。前のほうの席からこちらを窺っている。僕はそれに気付かない振りをして筆箱を開け、筆記用具を机の上に出し、一本ずつシャーペンの芯をペンに詰めた。

関谷はしばらく僕を見つめていたけれど、無視し続けるとふっと視線を逸らした。

放課後、僕は駅から真っすぐに橋へ向かった。

水面で反射した光が橋の底で揺らめきながら鱗（うろこ）模様を描いていて、サキは前回と同じように橋の上から川を眺めていた。前回と違うのは、欄干に身体を預ける彼女の腕に僕が渡した傘がかかっていることだ。

カチャ、と橋の袂に自転車を停めるとサキが顔を上げた。

「こんにちは」

「どうも」

川面が千々に光を弾いている。弾かれた光線に射られて僕は目を細めた。今日の川は暴力的に眩しい。

「今日もその辺を歩いてみようか」

僕が歩き出そうとすると、サキが何かを躊躇（ためら）うような仕草を見せた。

「ああ、傘、置いてく？　邪魔だよね」

雨が降る気配は全くないし、歩くのに邪魔だろう。僕はサキの手から傘を取り上げ橋の袂まで逆戻りし、停めた自転車の脇にしゃがみ込んで地面に膝を着いた。無機質に光る自転車のフレームに傘を挿し、サキの元に戻る。

「行こうか」

声を掛けて歩き出す。一拍遅れて彼女がついてきた。

だだっ広い青い空には入道雲がぽこぽこ浮かんでいて、あちこちに雲の影が落ちている。相変わらずどこまで続いているかわからない道を僕たちはひた歩いた。

サキはずっと黙っている。

前回、前々回もそうだったけれど、彼女は沈黙を埋めるために無理にしゃべろうとはしない。僕もあまりしゃべるほうではないから、会話と会話の間には自然と沈黙が生まれる。ただ前回までとは少し沈黙の質が違うように思えた。

ちらっとサキが僕を見る。

「？　どうかした？」

僕が聞くと、彼女は花が揺れるように小さく首を振った。

その仕草がなんだか儚(はかな)くて、ああそうだ彼女は後はもう消えるだけで終わるのだな、と僕は改めて思った。……きっと彼女が死に至る過程には大なり小なり肉体的な痛みや苦しみがあったことだろう。でもどんな苦痛があったにせよこの子はその瞬間を終え、これからそれを味わうことはない。

不謹慎かもしれないけれど、僕はそれを羨ましく思った。

少しして、

「──ねえ、春人君」

サキが口を開いた。

「何？」

「何かあった？」

見つめてくるサキの視線が優しい。

「いや、別に」

僕は反射的に言った。

「そう」

もっと何か言われるかと、言われたことに対して何か言わなければならないかと思い身構えたけれど、彼女があっさりと会話を閉じたから僕は拍子抜けした。それからしばらく無言が続いた。

ゆったりと時間が流れていった。

僕は黙って歩きながら川面で夕陽が揺れ動く様を眺めていた。そうやって歩いているると、いつの間にか気持ちが凪いでいくのを感じた。それが何故なのかと考えて、大方の同級生がノリとテンションを優先して雰囲気に頼った会話の応酬を嗜好しているのに対し、サキが必要に応じて意志や心を相手に届ける手段として言葉を使っているからなのだと思い当たった。

ある時、サキが思い出したように言った。

「そういえば、時間は？」

僕は携帯で時間を確かめた。ここに来て既に三十分近く経っている。

「あ、そろそろだね。折り返そう」

そして僕たちは来た道を引き返した。

空では太陽に縁を金色に染められた千切れ雲がゆっくりと形を変えながら流されていた。湿気を含んだ風が彼女の髪やスカートをふわりと揺らす。風は夏の夕暮れの寂しい匂いがした。

「……なんていうかさ」

「ん？」

彼女はそっと目を上げた。僕は頭を掻いた。

「サキって、落ち着いてるよね」

「そう？」

「うん」

サキはちょっと笑って言った。

「私は情緒不安定だよ」

「情緒不安定なの？」

「うん」

「えっと……どこが？」

「――たとえば初対面の人にいきなり、私を消してくれませんか、って頼んだり」

「その言い方にしたって冷静に見えたけどな」

「だって幽霊にすごい勢いで声を掛けられたら怖いでしょう？」

サキが緩やかに笑う。

「まぁ、それはそうだけど」

そういう判断がつくこと自体、冷静というのではないか。本当に情緒不安定な人間というものは自分の言動が他人の感情に与える負の影響を慮る余裕がないものだ。

その時、大きな影がすー、と滑るように僕たちの上に落ちて来た。見上げると橙色の空の中を鳶が輪を描くようになだらかに飛んでいた。

いつの間にか橋に着いていた。

サキが立ち止まり、僕も立ち止まった。

橋の上では日暮れの匂いと夏を歌う虫の声とが入り混じり、遠くの山が、木々が、黒々とした影になって、繊細な影絵のようになっている。

もう少し話したいような気がして、でもどう続ければいいかわからずに、僕はゆっくりと自転車まで歩いて行き、傘を引き抜いて、サキに手渡した。

彼女は傘をまじまじと見つめ、

「すごいね」

と言った。ぽろっと口から零れたみたいな言い方だった。

「何が？」

「持つ、とか、置く、とか」

「？」

「何かを持ち続けるには、それを持ち歩くか置くかを選ぶ必要があって……でも、何かを置くためには、置き場所を持っている必要があるんだよ」

「……いつもそんなこと考えてるの？」

「ううん。いつもではない。ただ、春人君に傘をもらってから色んなこと考えてた」

僕はふと思った。

「寝る時は、傘、どうしてるの？」

そもそもサキは寝るのだろうか。

彼女は緩く首を振った。

「夜は消えるようにしてるから。消える時はあまり人が来なそうな場所に置いてる」

……夜は消えるようにしている？

サキの言葉を理解するのに時間がかかった。

「……夜は消えるの？」

「うん。夜は怖いから」

彼女は頷いた。聞き間違いではないらしい。

「消えられないんじゃなかったっけ？」

「消えられないよ」

サキが事もなげに言う。

「でも今、夜は消えるって……」

言いかけて僕は口を噤(つぐ)んだ。

僕はサキを見た。サキも僕を見た。

「ごめん」

サキは言った。

「ごめんね。私の言い方が良くなかった。一時的に消えることはできる。でも本当に消えることはできないの」

彼女が言っている言葉の意味がよくわからない。

「消えるけど消えられない？」

「朝になると戻ってきてしまうの」

太陽が光を道連れに山の端に入ろうとしている。空には既に薄らと一番星が現れていた。もうすぐ夜が来る。サキの輪郭は既に夜の色を含み始めていた。

「……戻ってくる？」

唐突に、僕は夜を巨大なものに感じた。

サキは東から押し迫って来る巨大な夜の波に飲み込まれ、飲み込まれたらもう二度と帰ってこないように思われた。彼女が毎夜消えているのだとしたら、そのまま消えられないことよりも夜の中からどうやったら戻ってくることができるのか、僕にはそっちのほうが不思議だった。

もう少し詳しく聞こうとして、でも彼女が思い詰めたような顔をしているのを見て、やめた。

「次に会うのは三日後の午後四時でいい？」

三日後は終業式で午後は授業がない。

僕の方向転換に彼女はほっとしたような顔をした。

「うん」

「じゃあ、三日後に」

僕は再び自転車まで歩いた。

鞄から自転車の鍵を取り出し、鍵穴に差して回す。カチャ、と乾いた音が小さく響く。僕はちらっと振り返り橋の上のサキを見た。半分影になって表情がよく読めない。

スタンドを軽く蹴って外し、

「じゃあね」

そう声を掛けると、橋の上でサキが手を振った。

「うん、ばいばい」

◆

「春人、最近何かあった？」

関谷の声に、僕はハッとした。

いつの間にか、意識の断片が昨日のサキとの会話に飛んでいた。

「何か、って？」

「わからないけど。最近ぼうっとしてるなぁって思って」

関谷は僕の家の台所でゴロリと質量のあるキャベツを慣れた手付きでザクザクと櫛(くし)切りにしながら言った。毎月第三土曜日は幼馴染の関谷が夕飯を食べに家に来る。それは僕が幼稚園に通っていた頃、関谷が横浜からこの街に引っ越してきてからずっと続いている習慣だった。

「特に何も」

僕がトウモロコシの皮を剥(む)いている横で、彼女は、ふーん、とキャベツの横にマヨネーズを絞り出した。ふと、サキのことを関谷に話したら何と言うだろう、と思った。でもすぐに思い直した。

「最近シゲさんの調子はどう？」

なるべく普通に聞くと、関谷は僕の手からトウモロコシを受け取りながら言った。

「あんまりよくないね」

「そっか」

関谷の祖父であるシゲさんはここ一年ほど、隣町の病院に入院している。詳しい病状は知らないけれど、入院した時には既に病状がかなり進行している状態だったらしい。関谷は最近頻繁に病院に通っているようで、そんな関谷にサキの話をするべきではないような気がした。

幽霊と会っていると言えばそれだけで危うい人間だと思われるだろう。いくら今のところサキに害がなさそうだとしても、他人からすれば危うく見えることをしているという自覚くらいはある。それに何より関谷の心配事を増やしたくはない。

関谷がまな板の上でピタッと動きを止めた。何かと思うと、

「ごめん、パス。切れない」

そう言って一歩退いた。まな板の上には包丁が中途半端に刺さったトウモロコシが転がっている。僕は関谷と入れ違いにまな板の前に立ち、刃に手を添え、ぐっと力を入れた。下まで刃が通らない。

「本当だ。切れない」

闇雲に力を入れるほど、まな板に面している側の粒が圧力を受けて潰れていく。隣から関谷が僕の手元を覗(のぞ)き込(こ)む。

「手、気を付けてね」

「うん」

「春人さぁ」

「ん？」

「その包丁いい加減、研ぐか買い替えるかしたほうがいいよ。切れない包丁って変な拍子に刃が閊えて力が入るから。切れる包丁よりも怪我をしやすいんだよ」

「わかった」

「本当にわかってる？」

「わかってるよ」

会話をしつつナス、トマト、カボチャに玉ねぎ……二人で次々と野菜の下拵えをしていると、父が帰って来て台所に顔を出し、手に提げたビニール袋を軽く掲げた。

「ただいま。肉買ってきた」

「お帰りなさーい。おじさん、もうちょっとで野菜切り終わるんで鉄板温めておいてもらっていいですか？」

関谷が野菜や椎茸を皿に盛り、僕はそれをリビングのテーブルに運ぶ。父がホットプレートのスイッチを入れ、温まったプレートに油を引いた。三人が席についたところで焼肉の始まりだ。

「おじさん、ビールでいい？」

「ああ。ありがとう。明美（あけみ）ちゃんは何飲む？」

「ウーロン茶がいいです」

　関谷がいると家の中が少し明るくなる。無口な父も普段よりは口が滑らかになる。僕と関谷が次々と肉や野菜を平らげていく横で、父は食べ物にほとんど手をつけず、時々ゆったりとビールを啜（すす）っていた。

「学校はどうだ？」

　父が関谷に聞く。

　関谷がちらっと僕を見た。僕は気付かない振りをして焼けた肉に箸を伸ばした。

「私たちの担任の先生、何かあるとすぐに大学受験の話をするんですよ。ね、春人」

「ああ。そうだね」

「やっと受験が終わって高校生になったばっかりなのに」

　開け放した窓から涼しい風と虫の声が入ってくる。風に揺れる蚊取り線香の煙の匂いと食べ物の焼けるじゅうじゅうという音が気安くて、同時にどこか気怠い。

「明美ちゃんは高校卒業した後どうするか決めてるかい？」

「えー、おじさんまで？」

そう言いつつ、関谷は口元に運びかけていたグラスを両手でテーブルに置いた。

「少し、やりたいことがあって」

「どんな？」

「――まだ頭の中でまとまり切らなくて上手く言えないんですけど。ただ、やりたいことのために北海道の大学に行きます」

初耳だった。行きたい、ではなく、行きます、と言い切るところが関谷らしい。

「そうか」

父がビールを一口啜った。

「そうか、うん。好きなところに行けばいい。明美ちゃんはしっかりしてるから、どこに行っても、何をやっても大丈夫だな」

「三年になる頃には気が変わってるかもしれないですけどね」

二人が会話している横で僕は自分のグラスを手に取り、ウーロン茶を一口飲んだ。関谷は軽やかに言うけれど、たぶん気が変わることはないだろう。彼女は自分で決めたことは滅多に覆さない。となると、小さい頃から続いてきたこの焼肉会も長く続いてあと二年足らずだ。

焼肉会の発端は僕の母と関谷の祖父のシゲさんだった。

シゲさんは昔学校の先生をしていて、母はその生徒だったらしい。もともと二人は先生と生徒として懇意だったのだが、ある日家庭の都合で関谷がシゲさんの家に引っ越してきた。人見知りが激しかった関谷はなかなか新しい人間関係に馴染めず、それを心配したシゲさんが、「遊んでやってくれないか」と孫を同い年の息子がいる母の元に連れてきたのだ。

以来、月に一度、第三土曜日に関谷とシゲさんは僕の家で夕飯を囲むようになった。初めの頃、関谷は僕を警戒していたけれど、回数を重ねるにつれて打ち解けていき、時々二人ではしゃぎすぎて大人たちに叱られるまでになった。小さい頃、僕はこの時間が好きだった。いつもより賑(にぎ)やかで美味(おい)しいものを食べられる夜。子ども同士で夜まで遊べる、というのも魅力的だった。

僕はグラスを置いて枝豆を摘まんだ。三人の食卓を見て変わったな、と思う。今では僕たちを引き合わせた発起人の二人がいなくなり、関谷の人見知りもとっくに直っているのだけれど、僕らは毎月三人で集まって慣習の残り火で粛々と肉を焼いている。

「春人は？　卒業したらどうするの？」

不意に関谷に声を掛けられ、僕は我に返った。

「僕？」

父が無言で鉄板の上の焼け過ぎた肉に箸を伸ばす。

僕は枝豆を摘まみながら言った。

「考え中」


食休みの後、僕は関谷を家まで送って行くためサンダルを突っかけて家を出た。この辺は基本的に長閑な田舎道なのだが人通りが少ない分女子の一人歩きは危ない。サンダルが踵を打つぺた、ぺた、と間の抜けた音が夜道に響く。ぼやっと霞むような夜空には夏の星座が煌めいていて、それを眺めながら、サキは今消えているのだろうか、そんなことを考えていると、

「さっきのはさ、」

関谷がまるでそれまでの会話の続きみたいに切り出した。

「え？」

僕は関谷が何の話をしようとしているのか咄嗟にはわからなかった。

「おじさんが、好きなところに行け、どこに行っても何をやっても大丈夫だ、って言ってたでしょ」

「──ああ、言ってたね」

関谷がまじまじと僕を見た。

「春人、ちゃんと聞いてたの？」

「聞いてたよ」

「本当に？　あれね、私じゃなくて春人に言ってるんだよ」

通り過ぎた家の軒先で風鈴がリンと鳴った。

「……僕に？」

「そう、君に」

「違うだろ」

「うん、違うね。たぶんね、私と春人に言ったんだよ」

関谷は真顔で言った。

「いや、普通に関谷に言ってた」

「そうだよ。でもおじさんは春人に聞かせたかったんだよ。言いたくても直接相手に言えないことってあるでしょ？」

「んー……」

「好きな人に聞いてもらいたいことを、好きな人の近くにいる人に言ったりすることってない？」

「関谷はそういうことをするの？」

彼女はほとんど憐れむように僕を見た。

「おじさん照れ屋なんだから、そのあたりは汲んであげてよ」

「――あの人は関谷が思っているような人じゃないよ」

「え？」

「いや、なんでもない。関谷は本当に北海道に行くの？」

　それとなく話を逸らす。

「行くよ。寂しい？」

「んー……」

「そこは寂しい、って言っときなよ」

「寂しいっちゃ寂しいけど」

「けど？」

「そういうもんかな、って」

「春人らしいね」

関谷はぽつりと呟いた。

「僕らしいって？」

「たぶんね、春人は同い年の人間よりも色んなことを知っていて、多めに色んなことを考えていて、でもその分、実は何もわかっていないの」

関谷が歩みを止める。いつの間にか彼女の家の前に着いていた。

「それは残念だね」

「そうよ、君は残念な人なのですよ」

関谷が笑いながらポーチに目を落とした。彼女がごそごそと鍵を取り出している短い時間、シゲさんの小さな家庭菜園用の畑が目に入った。

――小さい頃、関谷の家に午前中に遊びに来るとシゲさんは大抵畑にいて丹念に畑の世話をしていた。そして採れたてのトウモロコシ、だだ茶豆、胡瓜（きゅうり）等、季節の野菜をおやつに食べさせてくれたり、帰り際にビニール袋に入れて持たせてくれたりした。

今、いつも綺麗に整えられていた畑は主を失い、夏草に飲み込まれて荒れ放題になっている。

「送ってくれてありがとう」

鍵を取り出した関谷が明るく言う。

「ん、ああ」

僕は畑から目を逸らした。

「おやすみ。帰り道、気をつけてね」

「うん、おやすみ」

◆

月曜日。

サキと会う約束をしていたけれど、終業式を終えて地元の駅に着いた時、約束の時間には早過ぎて一旦家に帰ることにした。

玄関脇に自転車を停め、部屋に荷物を置き、冷蔵庫を開け、麦茶を飲んで一息つく。

それから縁側でサンダルをつっかけ庭に出ると目に沁みるような青い空の下、物干し竿で洗濯物が揺れていた。

洗濯物は父が朝に干し、学校から帰ってきてから僕が取り込むことになっている。

僕は太陽光をたっぷりと吸い込んだタオルやらシャツやらを腕いっぱいに溜め込み、縁側にぶちまけた。

タオル、上着、下着、靴下、ハンカチ。それぞれ順番に畳み、箪笥に仕舞い終えてもまだ午後二時。三時半過ぎくらいに家を出れば四時には余裕で橋に辿り着けるとして、まだ一時間半ほど時間がある。

僕は床に仰向けに寝転がり、目を閉じた。

火照った背中や後頭部にフローリングの冷たさが心地よい。開け放した窓から入ってくるそよ風が時折肌を優しく撫でた。

明日から夏休みが始まる。

しばらく学校に行かなくていいのだと思うと、少しだけほっとした。

どこか遠くで蟬が鳴いていて、頭上では時計の秒針が規則正しく時を刻んでいる。

それを聞いていたら不意に泥のような眠気に襲われ、とろっと意識が弛んだ。


――暗闇の中、小さな炎が揺れている。

ぽつんと燃える蠟燭の脇には何かが置かれている。

黒い水の表面に橙色の灯火を鈍く湛えたバケツと、無造作に積み上げられた手持ち花火。その中の一本を抜き出し、先端を蠟燭の火先にかざす。

導火用の薄い紙に蠟燭から炎がふわりと踊り移り、炎は紙を燃やし尽くすと身を捩るように消えた。

一瞬の静寂。

遅れて、シャー、と音を立てて棒の先から銀白色の光の滝が流れ出す。光の滝はしばらくの間地面を明るく照らし、燃え尽き、ふっと辺りが暗くなった。

先端が紅く燻る花火の燃え殻をバケツに突っ込むと、ジュッ、と断末魔を上げて水の中で黒く冷え固まった。

次の一本を手に取る。

気勢よく燃える紅いシャワー。

三本目は、パッ、パッ、と枝を伸ばす金の柳。

四本目の花火に手を伸ばす。

火を点す。火が消える。断末魔。火を点す。火が消える。断末魔。また一本手に取り、火を点す……燃え殻がバケツの中に積み重なっていく。

楽しくはなかった。けれど、手を止めることはできない。

僕はこの花火の山を最後の一本まで燃やし尽くさなければならないのだから。

花火の余韻でいつの間にか周囲には煙が漂い、煙が幽かに光を溜め込んで暗闇がどんどん生明るくなっていく。

……どのくらい時間が経っただろうか。

ある時、膨れ上がった白い煙の向こう側から足音が近づいてきた。

誰か来る。

目を凝らすと煙が目に染みた。一旦ギュッと目を瞑り、再度目を見開く。

大人――女の人――だ。よく見えない。けれど急に、鼻の奥がつんと熱くなるような懐かしさがこみ上げてきた。

母……ではないか？

心臓が一つ、ドクンと鳴る。

もっとよく見ようと目を細めた時、足元で、ゆら、と蠟燭の火が注意を引くように揺れた。見れば、手持ち花火の山の中に一つだけ筒のようなものが紛れている。

――打ち上げ花火だ。

火が、ゆらゆら、ゆらゆら、揺れ出した。

生ぬるい風が吹き始め、白い煙が細く千切れて緩やかに形を失くしながら暗闇に溶けていき……煙が晴れて女の人の姿が露わになった。

そこにいたのは母――ではなく、サキだった。

制服姿のサキが、遠く離れた闇の中から静かにこちらを見つめている。僕も彼女を見つめ返した。暗闇の中で僕たちは見つめ合った。そして、ああ、と思った。

打ち上げ花火の筒を拾い上げる。

これを一緒に見る相手がいるとすれば、僕にとってそれはサキで、これはそのために作られた特別な花火なのだ。

——まだ早いような気がする。が、同時に、今しかない、とも思う。

筒から垂れた導火線を火にかざす。そして、導火線に炎が宿った瞬間、しまった、と思った。やっぱり間違えた、と。僕は必死にそれを消そうとした。が、もう止められない。導火線に沿って炎が走る。火薬に着火する前に筒を地面に置き、急いでその場を離れた。

導火線がちりちりと燃え尽き、
シュッ
空気を切り裂くような音がして赤い火の粉を道連れに一筋の光線が夜空に伸び上がった。そして——

パンッ!

金色の光が暗い空に寂しく弾け、ほんの一瞬、空間全部を明るく染め上げた。光の飛沫(ひまつ)が夜の闇の中で捩(ねじ)れるように煌めいて消えていく。

……終わった。

花火の小山の前に立ち尽くしていると、サキが音もなくそろそろと近づいてきて、僕の前で立ち止まった。

――何か言ってほしい。

ふとそう思った。やんわりと生じた願望は次の瞬間、強烈な渇望に変わった。サキが黙っていることが歯痒かった。早く何か言ってほしい。サキが僕の欲しい答えをくれる。根拠はない。でも確信があった。何か言ってくれ。お願いだから早く何か言ってくれ。

蠟燭の火先が急かすように細かくさざめく。

サキはなおもじっと僕を見つめていたけれど、ある瞬間、手を伸ばしてそっと僕の頰に触れた。

――冷たい。

頭の中が真っ白になる。

そうか、彼女は死んでいるのか。

思った瞬間、僕は彼女を突き飛ばした。

倒れ込む前に辛うじて地面に手を付いたサキを見て、自分がしてしまったことに啞然とした。肩で息をしていると、サキは地面から手を離し、掌を眺めた。……赤い血がじわりと滲み出している。

立ち尽くす僕の足元で彼女が俯いたまま口を開いた。

「――幽霊なら傷つかないと思った?」

僕はその言葉の意味を測りかねた。

違う、そう言おうとした。が、声が出ない。

金縛りに遭っていると、サキがふっと顔を上げた。

彼女は僕を見据えて微かに笑い、言った。

「そのとおりだよ」

――目を開けた瞬間、自分がどこで何をしているのかわからなかった。

夢の残像が網膜に絡みついている。何度か強く瞬きを繰り返すと残像は徐々に消えていった。僕は住み慣れた家のリビングに仰向けに寝転がっていた。

――変な夢だ。

まだ心臓がどくどくしている。

昼とも夜ともつかない霞んだ空にカラスの声が響いている。

時計を見ると午後六時半だった。

しばらくぼんやりと時計を眺めていたけれど、ある瞬間、サキとの約束の時間を二時間以上過ぎていることに気付いて飛び起きた。

目いっぱい自転車を飛ばす。いくらなんでも待たせ過ぎだ。もしまだサキが待ってくれているならば、一刻も早く橋に着かなければならない。

橋へと急ぐ一方で、彼女が待ちくたびれて去っていく姿を想像した。これだけ待たせてしまえば十分あり得ることだ。空っぽの橋の想像は僕を落胆させ、同時に僕を安心させた。サキがいなくなってしまえば、僕は明日からいつも通りの夏休みを過ごすことになるだろう。いつも通りの、予定のない夏休みを。

住宅街を抜け田んぼ道を漕ぎ進めると、果たして、遠目にも彼女が橋の欄干に手を添えてぽつんと立っているのが見えた。前回、前々回と、彼女は僕が橋の袂に着くまでこちらを見なかった。僕が橋の袂に自転車を停めて初めてこちらを見た。この日もそうだった。

橋まで漕ぎ着き、

「ごめん、寝坊した」

声を掛けて初めてサキがこちらを向いて、涼しい顔でおはよう、と笑った。僕は橋の袂に自転車を置いて彼女の元に急いだ。

「……遅くなってごめん」

「ううん、来てくれてありがとう」

サキは欄干に手をかけたままのんびりと言った。僕が息を整え終える頃、彼女は徐に口を開いた。

「——夕暮れの川って綺麗だよね」

「え？」

一瞬、何を言われたのかわからなかった。

ふわっと風が吹いた。サキは風に攫われかけた髪の毛を指先で耳にかけながら、まだ辛うじて赤味が残る空と川を慈しむように見遣った。

「水が空を映すからだろうね。平地より色味が何倍も鮮やかに見える」

そして僕に向かってにこっと楽し気に笑い、目を輝かせて川に向き直った。少しして、遅刻を気に病まないよう彼女が気を使ってくれたのだと気が付いた。

僕は頬の汗を袖で拭い、欄干に手をかけ彼女の隣に並んでみた。

サキはちらっと僕を見ただけで何も言わなかった。僕たちは二人で太陽が光と色を道連れに沈んでいくのを眺めた。そうしながら僕は、どうしてこんな穏やかな子が幽霊なんかになったのだろう、と不思議に思った。

川のせせらぎも虫の声も水で溶いたような薄紫色の空に向かってゆったりと拡散していく。目覚めた直後は生々しかった夢もいつの間にか風化して意識から遠のいていた。太陽の端が山の端にふうっと隠れた時、サキが僕に向き直った。

「春人君、せっかく来てくれたのに悪いんだけど、そろそろ……」

もう既に前回別れた時よりも夜に近い。

「うん、もう帰るよ」

僕は自転車に戻った。

サキは橋の袂までついてきて立ち止まった。

「暗いから気を付けてね」

「ありがとう」

僕は自転車のストッパーを蹴り外し、サキに向き直った。

「次は明日でいい？」

「うん」

「時間はどうする？」

「私は何時でもいいよ。春人君に合わせる」

「あのさ」

「？」

「もしかして、サキって時間がわからなかったりする？」

今更だけれど、サキの持ち物といえば今身に着けている制服と靴、傘くらいなもので、彼女は時間を知る術を持っていなさそうだった。毎回僕よりも早く橋に来ていることや、ある程度近づくまでこちらを見ないこと、今日ずっと僕を待ち続けていたことも気になった。

「大丈夫だよ。大体わかってるから」

「そう？」

本当に大丈夫なのだろうか。

「うん」

彼女はきっぱりと頷いた。

「──そっか。じゃあ、明日は午前九時でいい？」

「うん。九時にお願いします」

僕はサドルに跨り、ペダルに足を掛けた。

「今日はたくさん待たせてごめん。明日は遅刻しないから」

サキが笑いながら首を振る。それを見届けて、僕は手を振った。

「じゃあね」

サキも振り返してきた。

「うん、ばいばい」

◆

——春人。

明るい暗闇の中で声がした。

——春人。

うっすらと目を開けると、部屋の入口に母が立っていた。

「春人、起きなさい」

「んー……」

タオルケットを抱き込むように寝返りを打つと、

「休みだからっていつまでも寝てないで。早く起きなさい」

母はそう言い残して一階に下りて行った。少しして、僕は起き出してパジャマを着替え、青いピカピカの腕時計を腕に巻き、目を擦り擦り階段を下りた。台所では母がコンロに火を入れ味噌汁を温め直している。

「おはよう」

「おはよう」

僕は自分の茶碗を持ってご飯をよそいテーブルに着いた。

リビングに父の姿はない。

「お父さんは？」

味噌汁をよそる母の背中に尋ねる。母が肩越しに答える。

「もう出かけたわよ。お仕事、今日は朝早いみたいね」

「ふーん」

「はい、どうぞ」

コト、とテーブルに味噌汁の椀が置かれる。

「いただきます」

ぼうっとした頭でズズズ、と熱い味噌汁を啜ると少し生き返った。

「初めての夏休み、気分はどうですか？」

「んー」

僕は首を傾げた。ピンと来ない。それに、ねむい。

とろりとしたチーズがたっぷりと入った卵焼きを食べているとぐんぐん目が冴えてきて、僕は食べるスピードを上げた。

「もうちょっとゆっくり噛んで食べたら？」

「あぐあちとあくおくしてるから」

「何て？」

僕は口の中のものを飲み込んだ。

「サグたちとあそぶ約束してるから」

「今日はどこで遊ぶの？」

「学校」

僕は短く答え、ご飯を掻き込んで箸を置き、ごちそうさま！　と家を飛び出した。

小学校の校庭に着くとサグ、ヒデ、ヤマのいつもの三人が待っていた。

「おー」

「おー、じゃねえ。おせーよ、ハル」

それから四人で水飲み場で大量の水風船を作り、二対二に分かれて地面に線を引いてお互いの陣地から水風船を投げ合う戦争ごっこをした。散々駆け回り、全員水と跳ね返った泥でびしょびしょになった頃、僕たちは水飲み場へと走った。

「いっちばーん！」

運動神経抜群のヒデが真っ先に到着し、蛇口を捻ってがぶがぶと水を飲み出した。

「にばーん！」

僕はヒデのすぐ後ろに着いた。直後、サグが、ズザー、とスニーカーを砂で横滑りさせながら僕の後ろに着いた。僕とサグがあちー、とシャツの首元を乱暴にパタパタと扇いでいると、遅れて走ってきたヤマが最後尾に着いた。ヒデが袖で口を拭いながら場所を空けた。

蛇口は太陽の光を受けて燦々と輝いている。

僕は蛇口から溢れ出す水に口をつけ、やや鉄臭いそれをゴクゴクと心ゆくまで飲んだ。僕と入れ違いにサグが蛇口に覆いかぶさる。サグは夢中で水を飲み、最後にバシャバシャと頭から水を被ってぶるぶると犬みたいに水気を弾き飛ばした。

最後はヤマだ。ヤマは水を飲み終えたかと思うと、僕たちを振り返り、にやりと笑った。そして、キュ、キュ、キュ、と物凄い勢いで蛇口を捻った。

「おおおお！」

白く泡立った水が二、三メートルの高さまで噴き上がり、水柱は青空の中で透明な龍のようにきらきらとうねった。

「すっげー」

　僕らはしばらくその光景に見惚れていた。が、

「……で、どーすんだよコレ……」

　サグが我に返ったように言った。

「オレ、しーらね」

　噴き上がる水と地面でドボドボと跳ね上がる泥水を眺めながらヒデが半分呆れたように、半分おもしろがるように言った。その横で僕はうねる水柱を睨みつけ、長縄飛びに入るタイミングを探るみたいに突撃のタイミングを見計らっていた。

　——今だ。

　僕は蛇口に向かって一気に駆け出した。背後で、アイツ行きやがった、と、ヒデの呟きが聞こえた。落ちてくる冷水に背中を叩かれ、ヒヤッと心臓が縮み上がる。靴と靴下が水に濡れてすぐにぐしょぐしょになった。が、構わず、僕は全力で蛇口を閉めにかかった。

「うおおおおおお！」

　水柱がぐんぐん低くなる。

「いいぞ、ハル！」

サグが後ろから叫ぶ。

彼を振り返ると、

「？　どした？」

サグが不思議そうな顔をした。

僕はまだ水の止まらない蛇口に掌をギュッと押し付けた。一瞬水圧に負けた掌がぐにゃっと泳ぎ、水はブシュッ！　と半円を描いて僕のシャツを斜めに切り裂くように濡らしながらサグに向かって噴出した。

「くらえぇぇ！」

「うおっ!?」

ちょくげき！

僕はパッと手を放してその場から逃げ出した。

「ハル、てめえこのやろう！」

びしょ濡れのサグが追いかけてくる。

僕は全力で走った。

水飛沫（みずしぶき）が光る。

走りながら、夏だ、と思う。今日も、明日も、明後日（あさって）も、夏だ。ずっと休みだ。遊ぶ時間はたっぷりある。身体の底から喜びが溢れて、喜びをバネに僕は力一杯走り回った。

小学一年生の僕は、夏の中をどこまでも走れるような気がしていた。

◆

目覚まし時計が鳴っている。

チン、とベルを止める。

青いカーテンが朝陽を含んでぼうっと光って、部屋の中が薄明るい。仰向けでタオルケットを被ったまま天井を見つめていると肌に触れる布の感触や自分の息遣い、胸の中でゆっくりと脈打つ心臓が妙にリアルに意識され、いつかの幼い夏の記憶の残響が少しずつ消えていった。

布団から起き出し、窓際まで歩いていき、さっとカーテンと窓を開ける。空には入道雲がもくもくと隆起し、遠くで近くで木々の緑がさわさわとそよいでいて、漠然と、夏だなぁ、と思う。

僕はひんやりと冷たい窓の桟に手をかけ、時計の針の音を聞きながら少しの間夏を傍観した。ここ数年、夏休みは誰と遊ぶ約束をするでもなく、夏は窓や網戸の内側から一人で眺めるものだった。これから夏の中に、しかも幽霊に会うために繰り出して行くのはなんだか不思議な気がした。

自転車を漕ぐ。

若い田の清涼な匂いが畦道(あぜみち)を気持ちよく吹き渡り、苗の隙間から僅かに覗(のぞ)く水面は夏の陽射(ひざ)しに煌めいていた。橋が見えた時、サキはいつものように橋の欄干に寄りかかって遠くを眺めていて、僕が橋の袂に着いて初めてこちらを見た。

「おはよう」

「おはよう」

「傘貸して」

「お願いします」

「サキ」

「ん？」

僕は傘を受け取るために手を差し出しながらやんわりと聞いた。

「今何時でしょう？」

「く……」

九時、と答えかけ、サキが動きを止めた。

質問の意図を察したらしい。九時に待ち合わせて時間通りに落ち合ったとしたら今何時でしょう、なんて質問は出て来ない。そして答えに詰まったのはサキが時間をわかっていない証左だ。

僕は固まったサキの手から傘を引き取り、代わりにポケットから取り出した青いプラスティック製の腕時計を彼女の白い掌に乗せた。掌の上で文字盤が陽光を反射してきらりと光る。時計の針は——八時三分を指している。……夏は日が長く、時間の経過がわかりにくい。大体の感覚で遅刻しないようにとなると、相当早めに来ているのではないかと思ったが、やはりそうだったようだ。

「良かったら使って」

昨夜遠い記憶を頼りに机の奥底から探し出した玩具の腕時計。僕が小さい頃に好んで巻いていたものだ。もうとっくに壊れてしまっているかもしれないと思ったが、ダメ元で電池を入れるとそれは長い眠りから覚め再び時を刻み始めた。

サキの目に戸惑いが浮かぶ。僕は少し焦った。

「古いし、子ども騙しだけど。無いよりはマシかな、って」

時間さえわかれば何でもいいだろうと思いつきで持ってきてしまったが、失敗だったか。

「そうじゃなくて……」

「？」

サキは躊躇った後、目を上げ、詰まったような声を出した。

「私、もらってばかりで春人君に何も返せない」

僕は拍子抜けした。

別にそんなのいいよ、と言いかけて、いつも落ち着いて大人びているサキが今は何だか小さな子どもみたいな顔をしているから、考え直した。僕にとっては些細(ささい)なことでも、彼女にとってはとても大事なことなのかもしれない。

「――いいよ、返さなくて。それより巻いてみて」

敢えて軽い調子で促すと、サキは真剣な表情でこくりと頷いてとても尊いものを扱うように慎重に時計を手首に巻き、巻き終えるとじっと文字盤を見つめた。その真剣さにつられて僕も一緒に覗き込む。

やがて、長針がカチ、と動いた。

サキが顔を上げた。

「すごいよ、春人君」

何かと思うと、彼女は目をきらきらさせて言った。

「時間が刻まれてる……！」

そのあまりに真っすぐな感想に、僕は思わず笑い出しそうになった。

「まあ、時計だからね」

サキは感慨深げに深く頷き、僕に向き直った。

「ありがとう」

笑顔を向けられ、こんなに些細なことで感謝したり感動できるサキの感受性を少し羨ましく思った。同時に少し疑問に思った。

――この子は一体、どんな生活をしていたのだろう。

◆

「春人君って小さい頃どんな子だったの？」

夏の川辺は光が揺れる。

水が光を反射して、ちかちか強く閃（ひらめ）いて、ゆらゆら淡く瞬いて、光のモザイクの中を二人並んで歩きながら僕たちはよく過去の話をした。

時計を渡した日の次の約束からタイムキーパーはサキが務めていた。

特に予定もないので本当は毎日会っても良かったのだけれど、「毎日幽霊に会うのは春人君にとってあまり良くない気がする」とサキが律儀に主張したため、一日置きに午前九時に橋で待ち合わせて川辺を歩き、三十分経ったらサキの合図で折り返す。何度か会ううちにそれが僕たちの定型になった。

僕は記憶を辿りながら答えた。

「外遊びが好きだったな。幼馴染がいて、よく外で遊んでた」

「どんな遊び？」

「何でもやったな……探検ごっことか、虫捕りとか……あ、でも一番よくやったのは宝探しかな」

綺麗なガラスの欠片（かけら）とか、すべすべした石とか、鳥の羽根とか、そういうガラクタを拾い集めて、お菓子の空き箱に仕舞い込み、大切に保管したりしていたっけ。

僕がそういう他愛もない話をすると、

「そういうのいいね。そういう話、好きだよ」

サキは何だかとてもうれしそうにした。

「サキは何してたと思う？」

「わからないけど、絵を描いたり、絵本を読んだりかな……」

「インドアだね」

「うん。今ずっと外にいるから室内の遊びに憧れるだけなのかもしれないけど」

「幼馴染がいたら何してたと思う？」

「んー……」

そんな風に、僕は過去の話を、過去の記憶を持たないサキは〝もしも〟の話を、少しずつ積み重ねていった。そうやって僕たちはサキの記憶の糸口を探した。

何気ない会話を交わしながら川辺を歩いていると、

「あ」

サキが小さく声を漏らし、ふいと道を逸れた。

「サキ？」

彼女は草木が生い茂る道なき道をひらひらと軽やかな足取りで歩いて行き、一本の木の前で立ち止まると両の手でそっとその幹に触れ、いそいそと引き返してきて、何かを両手で優しく包み込むようにしながら僕の正面に立った。

「春人君、手、出して」

言われた通り手を出すと、彼女は花の蕾（つぼみ）を開くように掌を開いた。

僕の手の上に何か軽いものがぽとりと着地した。……蝉の抜け殻だ。僕が顔を上げると、サキはいたずらっ子のように笑った。

「虫捕りしてたなら、抜け殻も拾ったりしなかった？」

「そうだね」

サキと一緒に歩いていて気付いたことが一つある。

彼女はありふれた景色の中に美しさを見出すのが上手い。変わった形の雲や雲から漏れ射す光の帯、川の上流に凛と立つ白鷺、ニセアカシアの木の上にひっそりと拵えられた鳥の巣に水中を閃くように泳ぎ去る魚の蒼い影、涼し気に黒翅を上下させる鉄漿蜻蛉……サキはそういうささやかなものを見つけては、「春人君、見て」と、うれしそうに僕に教えてくれた。

――蝉の抜け殻なんて久しぶりに見た。

僕は思わずそれをしげしげと眺め、軽く握ってみた。空蝉は当たり前だけれど空っぽで、軽くて、そのくせ硬くて、肢の部分が肌に引っ掛かってチクチクした。そして、ひどく懐かしい感じがした。

僕は一通りその感触を確かめてからポケットの奥に仕舞い込んだ。

八月の上旬のある日。

「明日、流星群がくるってさ」

いつものように川辺を歩きながら、僕はできるだけさりげなく言った。

「流星群？」

「そう。今朝のテレビのニュースで流星群の特集をやっててさ。ペルセウス座流星群。新月で晴れだから観測しやすいらしいよ」

言いながらサキの反応を見る。僕にはサキが頭の中で流星群を思い描いているのがわかった。だって目がきらきらしている。

「春人君は星が好きなの？」

「あーそうかもしれない」

僕は曖昧に答えた。

「じゃあ、明日観るんだ？」

「うん。まぁ」

「いいね。新月と流星群が重なるのってなかなかなさそうだもんね。たくさん観られるといいね」

「——えーと……」

僕は頭を掻いた。

「……サキも一緒に、観る？」

「？」

彼女は一瞬、不思議そうな顔をした。

「あ、ごめん」

僕は慌てて言った。ああ、そうだった。

「夜は消えてるんだよね。ごめん、忘れてた」

今朝のニュースを見て、反射的に思ってしまったのだ。これはサキが好きそうだな、と。彼女に流星群を見せてあげたい、と。でも、彼女が夜に消えているということをどうして忘れていられたのだろう。どういうわけか、今朝から一度もそのことが頭を過らなかった。

サキは焦った様子で首を振った。

「いや、そうじゃないの」

「うん、気にしないで」

僕も焦ってわけもわからず頷いた。

「そういう意味じゃなくて、あの」

「……？」

「観たいです、流星群。……一緒に観てもいいかな」

サキが決然と言う。

「――でも」

夜は消えているんじゃなかったっけ。言いかけて僕は口を噤んだ。サキの背後で透明な水がきらめきながら淙々と駆け抜けていく。そのせいか彼女の輪郭がいつもよりもくっきりとして見える……。

涼しい風が吹き、足首のあたりで草花がさわっと揺れた。

「……観たい？」

僕がもう一度聞くと、

「うん、観たい」

サキが僕の目を真っすぐに見て頷いた。

翌日は予報通りの晴れだった。

午前中、僕は押入れの中からリュックサックを引っ張り出し、来るべき夜に向け、せっせと装備を固めていた。

流星群を見るのに必要なものは何だろう。長時間空を見ていると首が疲れるから寝転がって見られるようレジャーシートは必要で。あと他に何があるだろう……——あの時は何があったっけ。

一瞬頭の中が白け、次の瞬間、地下の水脈を掘り当てたみたいに昔の記憶が溢れてきて僕は手を止めて立ち尽くした。

何故だか——どうしてだろう。今の今まで忘れてしまっていた。

けれど、小学三年生の夏休み、僕は流星群を見たことがあった。

◆

皆で流星群を見たい、と言い出したのは母だった。

毎月第三土曜日恒例の焼肉会を流星群の到来に合わせて一週間早めたその日、僕の家にはシゲさんと関谷がいた。

肉と夏野菜をたらふく食べた後、僕は関谷と二人、裸足（はだし）の足を夜の縁側に投げ出すようにして空を見上げていた。関谷が足をぱたぱたさせながらリビングに向かって声を張る。

「ねぇ、流れ星、まだー？」

網戸の内側で大人たちが笑う。

「九時くらいからだよ」

「今何時？」

「七時五十分」

もう何度このやり取りを繰り返しただろう。僕たちはどちらが先に流れ星を見つけられるか競争をしていて、もしかすると一足先に流れ出すせっかちな星がいるかもしれないからと、フライングして二人で夜空を見上げていたのだった。

夏の庭の蒼い闇。

蚊取り線香の細い煙。

鉢植えの支柱に巻き付いた朝顔の細い蔓。

夏の夜の空はすごくすごく広く感じる。流星群が近づいていることなんかまるで知らないみたいに静かな空。この空をこれからたくさんの星が流れるのだと思うと、とても不思議な感じがした。

どこかの茂みで夏の虫が鳴いている。

「そろそろスイカが冷えたかな」

リビングで母が言い、席を立った。僕と関谷は顔を見合わせ、同時に立ち上がってドタバタと競うように台所へと向かった。

シゲさんが丹精込めて作った小ぶりなスイカが氷水を張った盥(たらい)に浮いている。母はそれを取り出し、タオルで水気を吸い取って指先で軽く弾いた。ゴン、ゴン、と身の詰まった美しい音がする。僕と関谷は爪先立ちをして母の左右から手元を覗き込んだ。

　母が苦笑する。

「危ないから下がってて」

　僕たちが一歩下がったのを確認し、母はザクザクッと豪快にスイカに包丁を入れ、ぱっくりと身を半分に開いた。宝石みたいに赤く輝く瑞々(みずみず)しい断面に僕たちは歓声を上げた。皿いっぱいに並べたスイカを、リビングで皆で頬張る。小ぶりだけれど、皮が薄くてうんと甘い。おいしいおいしい、と僕と関谷がはしゃぐと、

「そらぁ良かった」

シゲさんが満足げに笑った。それで僕はもっとうれしくなった。

　僕はシゲさんが好きだった。美しい和紙のようにしわしわで滑らかな肌に、たっぷりとした福耳。綺麗に澄んだ色素の薄い目はいつも笑みを湛えていて、シゲさんの近

くにいるとまるで柔らかい湯のお風呂にとっぷり漬かっているみたいに胸が温かくなる。いつか年を取ったらこういうおじいちゃんになりたいと、僕は密かに憧れていた。

スイカを食べ終わると、

「春人、来い」

父が椅子から立ち上がり奥座敷の襖を開けた。後ろからついて行くと、父は押入れから座布団を下ろしながら言った。

「縁側に並べてくれ」

ほのかに樟脳の匂いがする座布団を三枚一気に摑み、顔を上げるといつの間についてきていたのか、関谷がひょっこりと襖の陰からこちらを覗いていた。僕が座布団を投げるフリをすると、関谷は腰を落としてぱっと両手を構えた。

「てりゃっ」

僕は思い切り座布団を投げつけた。手裏剣のようにしゅるしゅると回転する座布団を、関谷が両手でボフッと真剣白刃取りをする。ナイス関谷！

「もう一丁！」

うれしくなって、続けざまにもう一枚投げようと座布団の山に手を伸ばすと、グッと何かがつっかかった。見ると、父の大きな掌が座布団を上から押さえつけていた。

「投げるな。手で運べ。埃が立つから」

静かな声だった。けれども僕はきつく叱られたように感じ、浮かれ気分が一瞬で萎えた。父は立ち尽くす僕をその場に置いて五、六枚の座布団をさっさと運んでいった。関谷は自分も叱られたと感じたらしく、しゅんとした様子で座布団の山に駆け寄り、二、三枚掴んで小走りに父の後に続いた。

――埃が立つことも行儀が悪いこともわかっている。でも、ちょっとふざけただけなのに。僕はなんだか悔しくなって、だから、わざとゆっくり座布団を運び、縁側で座布団を敷き詰めている父に渡した。

縁側が座布団で埋まると、父は僕たちに向き直った。

「よし。綺麗に敷けたな。二人ともありがとう」

ふかふかの縁側。非日常の光景。それでも心は躍らない。

時間がくるまで僕はリビングの隅っこで拗ねていた。関谷が縁側に行こうと何度も誘ってきたけれど、僕は首を振った。一人きりで夜の縁側にいるのは怖いのだろう。誘いを断り続けると、関谷は諦めたように僕の隣に座り込んだ。

午後八時五十分。

「そろそろかな」

シゲさんが言うと、関谷はぱっと縁側に出た。僕はのろのろとそれに続いた。シゲさんがよっこらしょ、と胡坐を組み、父が梁に凭れるように胡坐をかく。

「電気消しますよー。いいですかー」

母の呼びかけに、

「はーい」

僕と関谷は返事をしながら座布団の上に並んで仰向けに寝転がり、手足を思い切り投げ出した。

世界が反転する。

母が廊下の電気を消した。

ふっと辺りが暗くなる。

俄かに宵闇に緊張が走る。

……これから何か素晴らしいことが始まる。

しんと張り詰めた大きな夜空の下で、僕は始まりの予感に息を潜めた。まるで庭の草木まで息を潜めているようだった。僕は不機嫌に振る舞うこともきれいさっぱり忘れ、どこに星が流れてもいいように目を皿のようにして夜空を見つめた。

と、

「流れたな」

　ぽつりと父が言った。

「え、うそ⁉」

「どこ？」

「あそこ」

　父が指さす先に当然ながらもう流星はない。父に先を越され、しかし僕は不思議と悔しくはなかった。父が相手ならば仕方がない。素直にそう思った。

　一分……二分……僕たちは息を詰めて空を見つめ続けた。

と、すー、と一筋の閃光が夜空を走って、消えた。

「あああああ！」

　僕と関谷は同時にその一点を指さした。そして、顔を見合わせ、

「引き分けだね」

　そう言って笑い合った。

　それからぽつりぽつりと星が流れ出した。

　最初の数十分、僕と関谷はその一つ一つに歓声を上げた。しかし一時間も経つ頃には黙りがちになっていった。

星が流れる時、夜空には微かな予兆がある。

小さな光がほんの一瞬、暗闇の中からふうっと揺らめくように浮かび上がる。そして、あっけなく流れ落ちて消えていくのだ。僕はその様子が何かに似ている、と思った。何に似ているのだろう……考えてわかった。それは水に似ているのだった。ガラスのコップに一滴ずつ溜まっていった水が表面張力の限界を迎えてふわりと縁を乗り越える、その最初の一筋に。

夜が深まるにつれて肌寒くなっていき、流れる星の数は増えていった。

ある時、ふわっと甘い匂いがした。

いつの間にか席を外していた母が飲み物を持ってきてくれていたのだ。母は一人一人に温かいマグカップを手渡した。僕と関谷は起き上がって湯気の出るコーンポタージュに口をつけた。口の中にじわりと広がる温かい甘みに僕は溜息が出そうになった。

——僕は今、世界一美味しい飲み物を飲んでいる。

きっと幸福というものをとろかして飲んだらこんな味がするのだろう。そんなことを考えていると、

「不思議ね」

母は白い湯気の立つ自分のカップを両手で抱えながらぽつりと言った。

「いつかお父さんと二人で見た流星群を、今は五人で見てるもの」

僕は母を見て、その横顔にはっとした。母は綺麗だった。何故かその瞬間、母は知らない女の人みたいに見えた。

「おじさんと恋人だった時？」

関谷が声を潜めて聞いた。

「そうね」

母が穏やかに頬を綻ばせた。父は黙って空を見上げている。その時僕は、二人の間で途方もなくやさしい空気が匂い立ち、それが夜の中にふわりと解けて消えていくのを感じた。

僕はどぎまぎして二人から目を逸らした。

生まれた時から母は母で、父は父なのだと思っていた。でもどうやらそうではないらしい。母には母の、父には父の物語があって、それぞれに流れていた二人の物語が緩やかに重なり合い、二人は今こうしてここにいるのだ。僕はそれを強く感じた。そんな当たり前のことに、何故かその時になって初めて気が付いた。

ふんわりと湯気の立つコーンポタージュをもう一口啜る。そうしながらもう一度、こっそり二人を見比べる。

——僕にもいつか、うんと好きな人ができるのだろうか。

その人は今、どこでどう生きているのだろう。いつか遠い夜の中でその人と出会った僕は、こんな風に温かい飲み物を飲みながら流星群を眺めたりするのだろうか。……どうかそうであってほしい。

そんなことを一人こっそり星に願っていると、関谷が言った。

「来年もまた皆で見ようね」

「来年は少し遠くに行ってみましょうか。暗い場所のほうがもっと綺麗に見えるから」

と母。

「海がいいなぁ」

と父。

「花火でもするか」

シゲさんが言い、

「スイカ割りもしたい！」

と僕が言うと、シゲさんは、よっしゃ、と目の端を皺くちゃにした。

白く微かな湯気が立つマグカップを手に、僕たちは来年の話をした。僕はその居心地のよい空気の中で、改めて父を、母を、関谷を、シゲさんを見た。四人のことがうんと好きだと思った。

幸福の液体を飲み終え、僕たちは再び夜空を見上げた。

星は一晩かけて流れ続けた。

気が付くと関谷が静かになっていて、見れば彼女はすっかり眠り込んでいた。つられてふわっと身体が重くなった。ぽってりとあたたかな眠気が指先まで広がって、夜空の星がぼわっと滲(にじ)む。狭まっていく視界の霞んだ空の中で星が一筋流れたのを最後に、僕は目を瞑った。

やがて、

「寝たか」

意識のどこか遠い場所で、シゲさんの面白がるような囁(ささや)き声(ごえ)が聞こえた。

「よっと」

父が腰を上げる気配がして関谷が運ばれていき、しばらくして僕もひょいと抱き抱えられた。

「コイツ重いな」

僕は父の腕の中でずっと眠った振りをしていたけれど、気配で関谷の隣に寝かされたのがわかった。父がタオルケットを掛けてくれた時、僕は何故だか自分がまだ起きていることを父だけにこっそりと示したくなった。

薄目を開けると父はすぐに気付いた。

父はふっと笑い、僕の額を軽く撫で、部屋を出て行った。

僕はうんと満たされた気持ちになって、柔らかい布団の上で目を閉じた。

五人で流星群を眺めたのはそれが最初で、最後だった。

◆

ガシャン、と自宅の軒先で自転車のストッパーを蹴り外した時、今更のように僕は気が付いた。今日がサキと過ごす初めての夜だということに。

午後七時の橋の上。

「こんばんは」

「こんばんは」

サキは雨に濡れた草木のように始まったばかりの夜の色に濡れていた。ぼんやりと白い彼女の腕にはいつものように傘が掛かっていて、僕はそれをいつものように預かって自転車に挿した。

「どの辺で見る？」

「できるだけ暗いところがいいね」

僕たちは二人で夜の橋を渡り、川辺を少し歩いて土手にレジャーシートを敷いた。サキに先に寝てもらいその隣に仰向けになる。瞬間、背中に突き刺さる痛みに僕は堪らず身体を起こした。

「どうしたの？」

サキも身体を起こした。

「小石が」

シートの下から肉に食い込んできてかなり痛い。僕はレジャーシートを捲って、下にあった小石を脇に放りながら聞いた。

「サキのほうは大丈夫？」

彼女は一瞬不思議そうな顔をし、でもすぐに笑顔で言った。

「うん、大丈夫」

「こっちに寝て」

僕ができる限り小石を除いてから場所を空けるとサキは、

「いや」

と躊躇った。

「いいから。こっちに来て」

強引に言うと、サキは遠慮がちにシートの上に座った。入れ違いにサキの隣に寝転び、僕はすぐに身体を起こした。

サキが僕を見た。僕もサキを見た。

僕はバサッとシートを捲り、下の小石を取り除いて再び地面に背を付けた。サキも遅れて僕の隣に仰向けになる。

僕たちは無言で並んで空を見上げた。そして言葉を失った。

夜空には今まで見たことがないような数の星が犇めいていた。耳を澄ませば水音や葉擦れの音に紛れて空を伝って星が瞬く音が聞こえてきそうなほどに。見つめていると遠近感が狂ってきて、ふとした拍子に身体が夜空に吸い込まれてしまいそうな錯覚に陥った。

小さな沈黙の後、サキが言った。

「――星、すごいね」

「うん」

「不思議だね」

「え？」

僕はドキッとして彼女を見た。

サキは繊細な硝子細工が星明かりを集めて作ったような細かな陰影を肌に宿し、黒く輝く瞳で星空を眺めていた。

「春人君とこうやって星を見るのって、不思議な感じがする」

僕は返す言葉に詰まった。

足元でちょぼちょぼと川の水音が響く。

――自宅から自転車でたったの二十分。たったその程度の距離なのに、随分と遠いところまで来てしまったような気がする。

何か言葉を返さなければ、と思ったちょうどその時、

「あ、流れた」

最初の星が流れ、サキは流星が消えたあたりを指さした。話が逸れて僕は救われたような気がした。

「うん、流れたね」

「きれいだね」

真っすぐに夜空を見上げて呟く彼女に僕は、

「そうだね」

と返すのがやっとだった。何故だか上手く言葉が出て来なかった。

それから夏の大きな空を舞台に期待通りの、いや、期待以上の天体ショーが繰り広げられた。星が次々と夜空から零れ落ちるように宇宙の闇に吸い込まれていく。まさに今、昨日の朝願った未来に僕らはいた。にもかかわらず僕の心は弾まない。

夜の川辺は思いのほか寒い。

川の冷たい精気が身体の芯まで凍み透り、硬い地面の湿った冷たさが身体の熱を着々と奪っていく。寒くないのだろうかと、僕は横目でサキを見た。色素の薄い彼女の肌は見るからに寒そうで、しかし彼女は平然と星を眺めている。

「今の見た？　大きかったね」

「すごい、二個いっぺんに流れたよ」

時折、サキの綺麗に澄んだ声が夜の中に吸い込まれていった。その度、僕はなんとか相槌を打った。

長い夜になった。

星は夜が濃くなるにつれて輝きを増し、怖いくらいに降り続け、余韻もなく消えていった。それはとても美しく、そしてとても恐ろしい光景だった。

僕は星よりも寒さが気になっていた。

鞄の中には熱いお湯の入った水筒と、二組の紙コップ、粉末のコーンポタージュが忍ばせてあって、僕はあのこっくりとした幸福な液体をいつでも作り出すことができたし、今まさにそれを必要としていた。でもどういうわけかリュックを開ける気にはなれなかった。

僕は何度も何度もサキの手首の玩具の時計を盗み見た。そうやっていつ帰ろうと、それればかりを考えていた。僕たちはこれまでずっと、一時間ルールを守ってきた。でも今日は時間無制限だ。この夜はどこまで続いていくのだろう。

どんどん、どんどん、気温が下がっていき、夜が深度を増していく。

星はいつしか空の暴徒と化した。一つ一つの星が粒立ってぎらぎらと暴力的な光を放ち、ぎらつく星の隙間を縫って流星は縦横無尽に駆けて燃えた。底冷えする夜の中で静かに繰り広げられる壮絶な光景に、僕は奇妙に深刻になっていった。

気が付くとサキは何も言わなくなっていた。

やがて、臨界点を突破したみたいに夜がすうっと白み始めた。

夜は明け始めると早かった。怖いくらいの早さで夜が透き通っていき、星が空に紛れるように見えなくなっていく。

　そして、朝が来た。

　朝露に濡れた草木が陽を浴びて煌めき出した時、僕は彼女の名前を呼んだ。

「サキ」

　長時間黙っていたせいか声が掠れた。いや、寒さのせいかもしれない。まだ気温が下がり続けているのか、とても肌寒かった。

「何？」

　僕は空を見つめながら聞いた。

「――普段消える時って、痛いの？」

　何故今それを聞くのか自分でもよくわからなかった。

「痛くないよ」

　僕は片手に体重を預け、ぎちぎちに強張っている上半身を起こし、朝焼け色に染まるサキを見下ろした。

「じゃあさ、サキの消えるところ、見せてくれないかな？」

　僕が言うと、

「……見たい？」

彼女は仰向けのままふわりと笑った。

黙って頷くと、彼女は滑らかに上半身を起こし、言った。

「いいよ。――でも、場所だけ変えていい？」


蒼くて冷たい夏の朝。

朝露で濡れた草むらで目覚めたばかりの虫たちがそっと互いを呼び合う中を僕たちは歩いた。一歩歩く毎に川の精気が密度を高め、相対的に彼女の存在が希薄に、不確かなものになっていくような気がした。

不意に、サキが肩越しに言った。

「今日は朝ご飯、何食べるの？」

一瞬、頭の中が真っ白になった。

「……目玉焼きかな」

これから目の前で消えようとしている幽霊の口から出た〝朝ご飯〟という言葉は非現実的だった。でもよく考えれば今の状態、今目の前にサキがいる現実のほうがずっと非現実的で。……どこが現実と非現実の境目なのだろう。僕は家から一続きの地面の上を自転車を漕いできて、この場所は確かに日常と繋がっているはずだった。

「目玉焼きは誰が作るの？」

サキは母が既に亡くなっていることを知っている。

「僕だけど」

「春人君が作るの？」

「うん」

「えらいね」

「そうでもない」

「ううん、えらいよ。自分でご飯作る男子高校生ってそんなにいないと思う」

「そうかな」

曖昧に答える。

「うん。すごいことだよ」

もしかすると彼女は空気を和ませようとしてくれたのかもしれない。しかし、この子は、サキは今から消えるのだ、ということで頭が一杯で僕は会話を続ける余裕がなかった。僕がそれ以上答えずにいると、彼女も黙った。

先導するサキの背中が光を弾いて白く光る。道がぐにゃりと歪んだ時、彼女がふっと歩みを緩めて立ち止まった。僕も立ち止まる。

サキが振り返り、僕に向き直った。

流れるような黒髪に、足元に落ちる蒼い影。睫毛や頬、鼻に唇、制服の皺、細い肩、彼女を彩る光と細かい凹凸の一つ一つに寄り添う影、その圧倒的に複雑な精巧さに気圧されていると、彼女は静かに言った。

「この辺りでいい？」

「うん」

夏草が風に揺られてさわさわと騒めく。

——一体、僕はどんな顔をしていたのだろう。僕を見て、彼女はふっと表情を柔らかくした。

「春人君」

「何？」

「怖かったら逃げてもいいよ」

僕が返事をする前に、彼女はまるで朝陽を掬おうとでもするかのように右手をそっと中空に差し出した。

手のひらが光に晒されて白く光る。

一瞬の静止。

と、輪郭が溶けるように、彼女の指先がサラッ、と流れ出した。

まるでドライアイスが蒸発していく時みたいに、彼女から解け出た細かい粒子が朝陽を虹色に分解しながらきらきらと空気に拡散していった。指先、手のひら、手首、肘——。

「ちょっと幽霊っぽいでしょ？」

ぽかんとしているところに声を掛けられ、

「だいぶ幽霊っぽいね」

なんとかそう返すと、ね、と彼女が笑った。僕もがんばって笑おうとしたけれど、上手くいかなかった。彼女が消えた腕のあたりを見つめて言う。

「これをやる時ね、いつも今回は消えられるんじゃないかって期待する」

散り散りになった彼女の肘が、手首が、手のひらが、指が逆再生するように彼女の元へ帰ってくる。

ちりちり、と最後の粒子が彼女の元へ収まった時、

「でもね、消えられない」

彼女は言い、これでお終い、とでもいうように元通りになった右手を左手でポン、と包んで何気ない仕草で空を見上げた。

僕もつられて空を見た。

そこには——何もない。薄く雲がかかっているだけの空があった。ゆっくりと視線を下げると目が合い、彼女は優しく笑った。笑っている、というよりは笑っていることを僕に示すための笑い方だった。

「——それ」

頭の中を整理しきれずに口走った僕に、

「どれ？」

彼女は優しく聞き返してきた。僕は無理矢理言葉を繋げた。

「——今の。どうなってるの？」

「わからないの」

「全身そういう風にはできない？」

「できるよ。毎日試してる」

「毎日？」

「うん。毎晩。夜は消えるようにしているから」

そうだった。前にそう言っていたじゃないか。僕はこめかみに汗が滲むのを感じた。

「全身散らばってる時ってどういう感覚？」

「眠ってる時に似てるかもしれない」

彼女はその時の感覚を辿ろうとしているのか目を細くした。

「散らばってる間にどこにいるかはわからなくて、でも気が付くと元に戻ってる。それで、元の身体に戻った時に思い出す。空気とか、土とか、水とか、そういうものに馴染もうとしていたこと。そしてそれが、できなかったこと」

彼女のしゃべり方はさっきから平坦過ぎて、だから直感的に僕は何か言わなければならないような気がした。が、言葉が出てこない。

不自然な間を空けてサキがゆっくりと言葉を繋げる。

「――どう言えば伝わるかな。雨が海に降ったら、雨粒は海の一部になるでしょ。同じ水だから。でもそうはならずに海の中で雨粒が雨粒のまま彷徨って、気付いたら雲に戻ってるって感じ」

何故か僕の頭の中に、海に降り注ぐ無数の雨粒が海面を境にして透明な桜の花びらのようにひらひらと海中を漂っていく映像が浮かんだ。その映像は、

「じゃあ、帰ろっか」

唐突な彼女の一言で掻き消えた。

我に返った時には、彼女は既に来た道を引き返し始めていた。

「待って」

今このまま別れるのはまずい。僕は直感した。何がどうまずいのかはわからないが、このままではまずい。

彼女が振り返る。

僕は言葉を失った。——サキの表情には色がない。彼女はまるで、全く知らない人みたいだった。

と、彼女はふっと笑った。

「春人君、あまり無理しないで」

「無理してない」

僕は何故かムキになった。

「でもね、さっきからずっと顔色が悪いよ」

言われた途端、視界がぐにゃりと歪んだ。下を見れば何の変哲もないひび割れたアスファルトの舗装で——そこに立つ自分の足が、膝が、細かく笑っていることに気付いて、僕は思考停止した。

彼女が言う。

「大丈夫？　今日はもう帰ろう？　ゆっくりでいいよ」

橋からそれほど離れていなかったようで、思っていたよりも早く橋まで戻ることができた。僕はそのことに安堵し、安堵したことに理由のわからない罪悪感を覚えた。

自転車に鍵を挿すために屈み込んだ拍子に、くらっと視界が揺れ、思わず自転車のフレームを摑む。体温がヒュッと急降下し、全身に冷たい汗が滲む。

「……これ」

僕は傘を引き抜いてサキに押し付けた。

「——送っていこうか？」

傘を手に、彼女が遠慮がちに聞いてくる。

「ありがとう。でも大丈夫。一人で帰れる」

言いながら僕は自転車のサドルに跨った。

「そう。うん……じゃあ、気をつけてね」

彼女が微笑む。

彼女の後ろで川を流れていく水が、さざめく川面が、熱を帯び初めた夏の光をしゃらしゃらと細かく砕き続けている。砕かれた光は冷たい硝子片のようにあちこちに涼しく散らかって、僕の目を優しく刺し続けた。その光景はとても現実的で、同時にどこか非現実的だった。

今、彼女は白い陽射しと青い影に彩られ、夏の光景の一部みたいだった。

自転車のペダルに片足を置いた瞬間、不意にこのまま別れたら彼女とはもう会えないだろうという予感がした。彼女はもうここには来ない。

……――いや、違う。サキは来る。

僕が来ない。

長い夢から覚めたような気分だった。

さわっと鳥肌が立った。

サキが幽霊であることは解(わか)っているつもりだった。でも、目の前で消えるところを見て初めて実感が湧いた。彼女は幽霊なのだと。矛盾するようだけれど同時に、サキは人間なんだ、と思った。肉体を喪(うしな)い、肉体に囚(とら)われた生の人間なのだと。

――逃げたい。

本能的にそう思った。帰ろう。帰って何事もなかったかのように、サキのことなんか忘れてしまおう。今ならまだサキとのことはなかったことにできる。そしてたぶん、それが正しい。

でも。

直感が、やめるな、と言う。今、サキを手放してはいけない。

「ねえ、サキ」

「ん？」

その言い方がうんと優しい。責められているわけでもないのに僕にはそれが耐え難く、サキの顔を見ることができなかった。……もう二度とここへ来なくとも、彼女はきっと僕を許してくれるだろう。

僕は感覚の薄い掌をギュッと握りしめ、言った。

「明日、またここに来てほしい」

そうやって約束をして逃げ出したい気持ちに錘をつける。すぐに頷いてくれると思った。しかし、サキは即答せず、

「んー……」

腕を組んで考え込んだ。

「ねえ、春人君。一つ、聞いてもいい？」

「うん」

「ずっと思ってたんだけど、春人君はどうして私に付き合ってくれるの？」

「どうして、って？」

サキはまるで壊れやすいものでも見るような目つきで僕を見つめながら言った。

「だってこんな訳のわからない幽霊に付き合ってくれる人って、たぶんそんなにいないよ」

「——わからない」

僕の答えに、サキは迷子のような顔をした。たぶん、僕も似たような顔をしている。

ずきん、とこめかみが鈍く痛んだ。

そしてその一拍を皮切りに、ずきん、ずきん、とこめかみが脈拍に合わて痛み出した。痛みが一拍ごとに僕の思考と気力を打ち壊していく。きちんと意識を保とうと思えば思うほど痛みは増幅し、俄かに吐き気が込み上げてきた。

限界だ。

「ごめん、ちょっと……体調が。今日は帰るけど、明日、九時にまたここに来るから」

「でも、」

「明日ね」

僕は強引に言い捨てて返事も待たずにその場から逃げるように自転車を漕ぎ出した。

緩やかな風が稲の上を波のように渡っていく。

追い風に背を押されつつ、僕は感覚の薄い足でペダルを漕ぎ続けた。タイヤが砂利を踏む度に車体が揺れ、その度に手の中でハンドルが遊んだ。しっかり握ろうとしているのに思うように手に力が入らない。

家に着き、自転車から降りて庇の影に入るとひやっとした。上がり框で靴を脱ごうとして、手が細かく震えていることに気付く。僕は自分が今何を感じているのか、よくわからなかった。自分が見たものを覚えていたいのか忘れてしまいたいのかもわからない。ただ、サキの手が消えては戻って来る映像が、何度も何度も頭の中で蘇っては現実の光景と交じり合い、目の前がチカチカした。

手を洗おうと流しの蛇口を捻る。

水が流れ出す。

気付くと僕は、シンクに流れ落ちる水をただ眺めていた。――僕は何をしようとしていたんだっけ。……ああ、そうだ。手を。

水に手を晒し、きゅ、っと蛇口を捻って流れを止める。タオルで手を拭いていると、父が後ろを通った。

「おはよう」

「おはよう」

不調を気付かれたくなくて、いつもと同じ調子に似せて答える。

時計を見ると午前六時半だった。いつもの時間。僕が卵を焼いて、父が新聞を取りに行く時間。――そうだ、いつも通りにやればいいのだ。

僕はいつものように冷蔵庫から卵を取り出した。

ガスレンジを捻ると熱と微かなガスの匂いがむわんと立ち上った。フライパンを火に掛け、薄く油を引き、フライパンの縁で卵に罅を入れる。ぱきゃ、と音がして殻が開き、フライパンの上に生卵がどろりとなだれ落ちた。

熱せられた透明な白身の底でぷくぷくと小さな気泡が生まれ、白く色が変わっていく。水を差し素早く蓋をする。バチバチと激しく水が爆ぜ、すー、と蓋の隙間から白く細い煙が立ち上った。卵の焼ける匂いと、肺に残る川の匂いや田んぼの青臭さが僕の体内でぐちゃぐちゃに入り混る。

俄かに胃が大きく動いた。

咄嗟に火を止め、僕はトイレに駆け込んだ。

間髪入れずに、吐く。出てきたのは胃液だけだった。胃液の苦さで更に気持ち悪くなってえずく。何も出てこない。それでも僕の身体は必死に何かを吐き出したがっていた。何度もえずき、咳き込み、しかし、どんなに吐き出そうとしても、僕の身体は空っぽで吐き出すものなんか何も入っていなかった。

数分後、洗面所で口をゆすいでいると父が背後から声を掛けてきた。

「――春人、具合悪いのか？」

「大丈夫」

普通に答えようとしたはずが、自分でも驚くくらい強い調子になった。

「……寝てろ。後は俺がやるから」

「大丈夫だからちょっと待って」

父は何か言いたげだったけれど、黙って椅子に戻った。

僕は水を飲んで胃を落ち着かせ、何とか卵を焼き終えて、自分は後で食べると父に言い残し、速足で自分の部屋に戻った。カーテンを引いてベッドに倒れ込んだ途端、くたりと身体から力が抜けた。

薄暗い部屋。

遠くでさざめく蝉の声を聞きながら僕は腕で額を覆い、ガンガンと痛む頭を枕に押し付けた。そしてほとんど気を失うように眠りに落ちた。

◆

――ひらひらと蝶(ちょう)が舞う。

夢を見た。昔の夢を。

夢の中で僕は小学二年生の無邪気な少年だった。

その日僕は自由研究で昆虫標本を作るために父に頼んで広い河川公園に連れて行ってもらい、青と白のクレヨンで描いたみたいな青空の下、虫取り網片手に蝶を追いかけていた。

「おい春人、焦るな。転ぶぞ」

背中に追いすがる父の声を聞きながら、僕は遠くで飛ぶ蝶をめがけてひた走った。

走りながら狙いを定め、バサリと網を地面まで振り下ろす。

「やった！」

「捕ったか」

「うん！」

蝶が逃げないように網をくるりと半回転させて逃げ口を塞ぎ、僕は父の元に駆け寄った。頭に父の大きな手が乗る。

「よし。春人、網、そこに置け」

言われた通り芝生の上に蝶を閉じ込めた網を置く。

「じゃ、次な」

「うん」

「網の上から翅を閉じさせて、人差し指と親指で胸を二分間圧迫して心臓を止めるんだ。力入れ過ぎて潰さないようにな」

父が腕時計を外し、僕に手渡した。僕はずっしりと無機質に重たい腕時計を手に数瞬動きを止め、父を見上げた。

「どうした？」

網の内側では蝶がゆっくりと瞬くように羽ばたいている。

「でも……」

僕が戸惑っていると、父は表情を変えずに言った。

「標本を作るんだろ？」

「うん」

——夏休みの宿題に標本を作りたい。

僕がそう言い出した時、父は渋った。渋る父を説得して河川公園に連れて来てもらったのだった。僕は標本を作ってみたかった。でも何故だろう。標本を作る過程で自分の手で何かを殺す、ということが頭からすっぽり抜けていた。僕は僕がやりたいと思ったことがどういうことなのか、ちっともわかっていなかった。

生ぬるい風が芝生を渡った。

網の中で蝶が羽ばたいている。僕が今から蝶の命をこの手で摘み取るのだ。急にその実感が湧いてきて、怖くなった。

ちらっと父を見る。やめたければやめなさい。そう言ってくれるような気がして、そう言って欲しくて。でも父は黙って僕を見ていた。どうやら僕の判断に口を出さないと決めているようだった。

三角紙も、ピンも、標本ケースも、標本作りに必要な道具はもう用意してある。僕がねだってホームセンターで買ってもらったのだ。今更やめることは許されない。それに、僕は父に弱虫だと思われたくなかった。

手を伸ばすと、蝶は異変に気付いたのか白く閉ざされた網の中で逃げ道を探すように羽ばたいた。少しずつ蝶を追い込んで飛べる範囲を狭め、網越しに無理矢理その羽を畳ませる。指先に鱗粉（りんぷん）が付く。蝶の粉っぽく柔らかい身体は繊細で、扱い方を間違えるとあっという間に壊れてしまいそうで、でも、ああそうだ、この身体を僕が今から壊すのだ。

僕は息を止め、蝶の柔らかい胸を親指と人差し指で摘まんだ。

「そっとな」

頭上で父が言う。

潰れないように力を加減してぎゅううう、と小さな心臓を圧迫する。ぴく、ぴく、と指先にゴマ粒よりも小さな拍動を感じた。指先で命が壊れていく、いや、命を壊していく感触がした。蝶に声はない。でも蝶が必死にもがいているのがわかった。わかってしまった。

指が震えた。

身体中にじっとりと汗が滲む。暑い。暑いはずなのに、胸の底が恐ろしく寒い。

僕は震えを止めるためにぎゅっと肘を地面に押し付け、蝶の心臓を潰し続けた。指先の脈が逸って(はや)いく。狂ったように脈打つ僕の心臓が蝶の脈拍を飲み込んでいく。指先で蝶と僕の命が溶け合って、ぴくぴく脈打つ拍動が、蝶のものなのか僕のものなのか、その両方なのか、どんどんわからなくなっていった。

自分で殺そうとしているのに、途中から僕は泣きそうになった。やっぱり、いやだ。

殺すのはいやだ。いやだ。いやだ……。

その日の帰り道、車中で父は一言もしゃべらなかった。

西の空では大きくてまん丸い夕陽がぎらぎらと光っていた。

ずっしりとした罪悪感が僕を苛んでいた。僕は車の助手席で父に何度も言い訳をしようとして、謝ろうとして、声を掛けるタイミングを探してはハンドルを握る父をちらちらと盗み見た。父はただ静かに前を見つめていた。夕陽に染まったその顔は怒っているようにも、そうでないようにも見えた。

一言もしゃべらないまま家に着き、父が玄関を開ける。

「ただいま」

僕は父の後ろについて小声でただいま、と言って家に入った。父が手洗いうがいを済ませ、さっと自室に入っていく。母は台所で夕飯を作っている最中で、僕がその後ろをこっそり通ると、ぱっとこちらを振り返った。

「お帰り。どうだった？」

母は父と僕が標本作りに出かけたことを知っていた。

「うん……」

どう答えたらいいかわからなくて曖昧に答えると、母はカチ、とコンロの火を止め、タオルで手を拭いて僕の前で中腰になった。

「なにかあった？」

母が優しく言う。真正面から見つめられ、遅れて目の奥からツンと熱いものが込み上げてきた。

「……できなかった」

言った途端、涙が溢れ出した。

それが何に対する涙なのかわからなかった。指先でもがいていた蝶や、黙って僕を見守る父、父から渡された時計のずっしりとした重さ、せっかく買ってもらったのに使わなかった道具たち、色んなものがごちゃごちゃに頭の中を巡った。

「かわいそうになっちゃった？」

僕が言葉を継げずにいると、母は言った。

それは、一縷(いちる)の蜘蛛(くも)の糸だった。母は僕の罪を知らない。父は僕の罪を知っている。

僕は頷いた。頷いた瞬間、熱い涙がぼろ、と目から零れるのを感じた。

「そっか。春人は優しいね」

背中をさすってくれる母の手は優しくて、求めたはずの赦(ゆる)しは苦しくて、だからまた泣けてきた。でも優しいのは僕ではなくて、身勝手な僕をそう解釈する母なのだった。

僕の頭を撫でながら、母はぽつりと言った。

「今日はむつかしいことを考えたね」

――どこか遠くで蟬が鳴いている。

目が覚めた時、夢の続きをみているのだと思った。

カーテンの隙間から射(さ)し込(こ)む金色の光が、空気中に漂う埃をちろちろと照らし出している。カーテンに止まった蝶が微睡(まどろ)むようなリズムでゆっくり、ゆっくりと羽を開いたり閉じたりを繰り返していた。夢から抜け出してきたみたいにそれは夢の中で見たのと同じ種類の蝶だった。

蝶が逃げないように上半身だけそっと起こし、ぼんやりと羽ばたきを眺めていたら急に視界が丸く霞んだ。

何だ？ と思う間もなく、腿(もも)のあたりでぼたぼたと音がした。

透明な雫が落ちてきて腿の上で弾け、タオルケットに丸く染み込んでいく。

ややあって、その透明なものが自分から溢れ出している涙なのだということに気が付いた。服の袖で目元を拭った拍子に蝶が飛び立って、ひらひらと夏の空に紛れるように消えていく。その姿が見えなくなってからも僕は蝶の消えた空を眺め続けた。しばらくして涙が止んでいることに気付き、僕はふらふらと起き出した。

時計を見ると、午前十一時過ぎだった。

父は出勤した後で家の中はもぬけの殻で、台所のテーブルにおにぎりが二つ、ラップに包(くる)まって置いてあり、しっかりとした筆圧でメモが添えられていた。

【よく寝てたから起こさなかった。食欲があったら食べなさい】

食欲はなかったけれど、ラップを剝き、朝飯とも昼飯ともつかないおにぎりを頰張った。飲み下そうとするとぐっと何かがせり上がってきて、でも吐き出したら負けなような気がして、僕は時間をかけてゆっくりとそれを飲み込んだ。

窓辺に寄ってカラカラと窓を開けると、むわっとした空気が流れ込んできた。

青い空を見上げる。力強く隆起する入道雲を眺めて僕は、あれ全部水蒸気でできてるんだよなぁ、と呆(ほう)けたように思った。

◆

翌朝。

目が覚めると胃や胸がむかむかしていた。

僕はベッドに仰向けのまましばらく天井の木目を眺めていた。

——まだ体調が悪いような気がする。

これから橋に行って、サキと会って話をする。それがとてつもなく困難なことのように思えた。しかし、本気で具合が悪いように感じる一方で、身体が無意識に橋に行かなくてもいい理由を探しているのではないかとも思う。自分から約束をしておいて勝手だけれど、僕は自分が本当に橋に行きたいのか正直よくわからなかった。

……本当はとても、簡単なことなのだ。

このまま柔らかで平穏なベッドの上に寝転がり続けること。それだけで僕は〝日常〟に戻ることができる。それはきっと、悪いことではない。

『怖かったら逃げてもいいよ』

腕を消す直前、サキだってそう言ってくれた。

僕は横向きになり目を閉じた。

——あの時点で、いや、もしかしたらもっと前から彼女にはこうなることがわかっていたのかもしれない。それをわかって、僕に逃げ道を用意してくれた上で彼女は消えるところを見せてくれたのだ。そんな気がする。

それは一体……どういう気持ちだったのだろう。

ミーンミーン、と壁の向こうで蟬が鳴いている。

僕はそっと起き出した。

階段を下り、洗面台の蛇口を捻る。流れ出した冷たい水に手をかざし、顔を洗い、鏡を見ると自分の顔がやたらと青白かった。いつも通り卵を焼き、でも食べることはできず、自分の分をラップにかけて冷蔵庫に仕舞った。そんな僕に父は何も言わなかった。

玄関の上がり框で靴を履く。感覚の薄い手で靴紐をきつく締め、ドアを開けると、空にはまだら模様の雲が不安定に広がっていた。鼻先を掠める風には微かに雨の匂いが混じっていて、今にも降り出しそうだった。

僕は自転車に跨り、曇天の下をゆっくりと漕ぎ出した。

橋の上に佇むサキの姿が見えた時、まず彼女の腕から傘が提がっていることに安堵した。同時に自分が傘を家に置いてきてしまったことに気が付いた。

橋の袂に着いてもサキは僕に気付いた様子もなく、橋の欄干に寄りかかってぼんやりと川を眺めていた。——いや、焦点が定まっているようで定まっていない。

「サキ？」

後ろから声を掛けて初めて、彼女ははっとしたように欄干から身を離し、振り返った。その黒い目が僕を捉えて微かに揺れる。

「おはよう」

「……おはよう」

——何をどう話したらいいのだろう。

彼女はきれいに背筋を伸ばし、僕に向き直った。僕の頭の中ではサキの消えていく腕が、その粒子がさらさらと戻って来る映像が何度も何度も繰り返し上映されていた。

「昨日の夜は消えてた？」

ぱっと閃いた質問を口に出すと、サキはきゅっと唇を引き結んで笑顔を作り、コクリと頷いた。彼女は続けざまにもう一度頷いて一呼吸置き、ぎこちなく笑った。

「夜は消えるようにしてるから」

「ごめん。そうだったね」

僕が言うと、サキは頷きかけ――クシャ、と顔をゆがめた。

え？　と思った時には、彼女はごめん、と断って僕に背を向けていた。泣き出しそうなのを必死に堪えているみたいに見える。彼女の中で何かが壊れてしまったらしい。

僕はその場に立ち尽くした。

「……大丈夫？」

彼女は僕に背を向けたまま首を振った。

「違うの。ごめんね。ちょっとだけ待って。たぶんすぐ落ち着くから」

何がどう違うのだろう。

僕はサキが落ち着くのを待ちながら、ふとサキの背中が、彼女を縁取る淡く細い線が、すぐ目の前――手を伸ばせば触れることができる距離――にあることに気が付いた。おかしいだろうか。僕は不意にその背中に触れてみたい、と思った。

手をそっと添えるだけでいい。どうしてそうしたいのかはわからない。気持ちを整えようとしている彼女の背中があまりに小さく見えたせいかもしれないし、サキという存在があまりにも不確かなものに感じられたから、僕は単に確かめたいのかもしれない。今こうして目の前にいる女の子がちゃんと存在しているのだということを。

そろそろと手を伸ばすと、雨気を含んだ濃密な空気が指先に絡まった。

――本当に触ったらどうなるんだろう。

感触はあるんだろうか。温かいのだろうか、冷たいのだろうか。もしかすると触れたところから消えてしまうこともあるかもしれない。

触れる寸前のところで僕はピタリと手を止めた。

サキが振り返った。

僕はさっと手を引っ込めて、言った。

「落ち着いた？」

「うん」

サキが微笑む。

……触れようとしたことに気付かれただろうか――よし、たぶん気付かれていない。

彼女の表情を見てそう確信する。僕が内心あたふたしていることなど恐らく知らずに、サキが言う。

「私ね、昨日の夜、消えてたよ」

不意を打たれた。

その話はしてもいいのか？　彼女がさっき泣きそうになったのは僕がそのことを聞

いてしまったからだと思ったのだけれど、違うのだろうか。どの程度踏み込んでいいのかわからないまま僕は聞いた。

「どうして夜は消えるようにしてるの？」

「怖いから」

「怖い？」

そういえば、初めて夜は消えるのだと教えてくれた時にもそんなことを言っていたような気がする。

「夜は皆眠るから。真っ暗い中に一人で放り出されたみたいな気持ちになる」

何てことないように言いながら、サキはまるでそれが大切な任務であるかのように傘の先で僕たちの前に転がっていた小石をそっと端に避けた。

——彼女には世界がどういう風に見えているのだろうか。

未来も過去もない、家族も友人もいない。存在している理由も、その終わりがどういうものなのかわからない。そのくせ今にも消えてしまうかもしれないし、今の状態がいつまでも続いていくかもしれない。来る日も来る日も、自分の存在が何なのかもわからず、終わりを探してふらふらと一人彷徨い続ける。それがどういうことなのか、僕には測りかねた。

良くも悪くも肉体が損なわれない分、サキはきっとある意味でとても安全な世界にいて、でもその平穏は狂おしく耐え難いものなのではないだろうか。

「……とりあえず歩く？」

僕の提案に、彼女は頷いた。

僕たちは二人並んで橋を渡り、橋の北側を川の流れに沿って東に向かって歩き出した。そしてしばらくすると、何か白っぽいものがサキの真横を過り、ボタ、と足元で弾けた。

雨だ。

その一粒を皮切りに、ボタ、ボタ、と続けざまに大粒の雨が降ってきた。

隣でポン、という音がして、見ればサキが傘を差し、目が合うとぎこちなく僕の傍に寄った。サキに匂いはない。でも同じ傘に入った途端、僕は彼女の気配を肌に感じた。近い。じわっと身体が熱くなる。

「ありがとう」

自分の放った声が思いがけず傘の内側を微かに震わせて、

「元々は春人君のだから」

サキの声が、その震えが僕の肌に微かに伝わってきた。

ボタボタ、ボタボタ、頭上で雨の粒が砕け続ける。夏の雨の匂いは優しい。恵みの水に息を吹き返した生命の気配が空気にそっと溶け出していく。

「——さっきのは」

「ん？」

「さっきはどうして……？」

泣きそうになってたの、と聞きたくて、でも上手く聞けずにいると、彼女は僕の意図を汲み取ったのか、ふっと笑って言った。

「怖かったから」

「？　怖かったの？」

「うん」

怖い、ではなく、怖かった。……過去形。

「……もう怖くはない？」

と聞くと、サキが首を傾げつつ、たぶん……と頷いた。頷く彼女の左肩が傘の外で濡れているのが目に入って、僕はほとんど無意識にサキの手から傘の柄をそっと奪い取った。サキは手から離れていく傘を不思議そうに見上げ、しかし僕が彼女が濡れないよう傘を掲げると、はっとしたように言った。

「春人君が濡れるから」

僕は首を振った。

自分の肩が濡れていくのは構わない。けれど、サキの顔を見て、彼女が僕が濡れることを気にしなくても済むように少しだけ距離を詰めようと思った。でもいざ動こうとしてそれがとても困難なことであることに気が付いた。

いつの間にか傘によって小さく切り取られた世界の内側では雨の匂いと僕の発する熱、サキの気配とが複雑に入り混じり、絶妙な均衡が保たれていて、〝ほんの少し左に寄る〟というたった一つの行為がその全てをぶち壊してしまうような気がした。

動けない僕の隣で、サキも動かなかった。

まるで時間が零れ落ちていくように傘を伝って雫が滴り落ちていく。

どのくらいそうしていただろう。

ある時、灰色の雲が裂け、雲の裂け目から幾筋もの光の帯が射し込んだ。

ふ、と景色が明るむ。

川面や水溜まりが俄かに金色に染まり、光の糸を引くように驟雨がきらきらと地面に乱れ落ちる。雨はあっという間に弱まり、風に煽られ、タンポポの綿毛のように白く光りながらふわりふわりと千々にちぎれていった。

ころころと変わっていく天気に翻弄されていると、

「あ」

と言ってサキが雨の隙間を指さした。

「虹が出てるよ」

見ればわかることをちょっとうれしそうに言うから、

「そうだね」

と頷いてみせると、彼女はぱたりと腕を下ろして僕を見つめた。

「――ねえ、春人君知ってる？」

「ん？」

「水は光と色の伝道師なんだよ」

「光と色の伝道師？」

「そう。目には見えないだけで、この世界には目に見えているよりももっとたくさんの光や色が飛び交ってる。光と色は水を伝うから、雨の日はいつもよりもたくさんのものが見えるようになるの」

水は光と色の伝道師。諺（ことわざ）か何かみたいな語呂だけれど。

「――聞いたことないな」

「聞いたことない？」

「うん。初めて聞いた」

「そっか……」

呟いて、彼女はまるで目の前の景色を目で飲み込もうとしているみたいに、見えないものを見ようとしているみたいに中空に目を凝らした。

「――何か思い出しそう？」

「思い出せない。でも……」

「でも？」

サキは短い逡巡(しゅんじゅん)の後、僕を見てちょろっと笑った。

「今日は来てくれてありがとう」

緩い風が吹いて、水溜まりの中の空の虚像があちこちでふわっと揺れた。

いつの間にか雨が止んでいた。

僕は傘を畳んだ。

そして、僕たちはどちらともなく水溜まりを避けつつ歩き出した。

まるで空に落っこちないように二人で地面を探しながら歩いているみたいだった。

僕の隣ではずっとサキの手がゆらゆらと頼りなく揺れていて、僕はそれを摑まなければならないような、一足ごとにそのタイミングを逃しているような、息をする度に身体から大切なものが抜けていくような奇妙な感覚がした。

上空では雲がものすごい速さで流れていて、地面の空でも同じ速度で雲が流れた。空はこのまま晴れていきそうにも、どんどん曇っていきそうにも見えた。クジラの群れみたいな雲の大群が太陽を飲み込んではどこかへと千切れて流されて行く。その度に明滅する景色が目まぐるしくて、サキの隣を歩きながら、僕は自分の中で何かがゆっくりと狂っていくのを感じた。

「ねえ、サキ」

「ん？」

「僕はサキを消そうと思う」

自然と言葉が零れた。

そう思い至るまでに特定のきっかけはなくて。たとえば光に透けるサキの輪郭や、一緒に道を歩いたこと、並んで見上げた星の犇めく夜空や朝陽の中で消えていく彼女の指先、それが身体に戻ってきた時のちょっと寂しそうな横顔。きっと、そういう些細なことが幾つも幾つも積み重なって、時計の短針がカチリと動くみたいに僕の中で気持ちが切り替わったのだと思う。

たぶん、今までの僕はサキを消すことに対してあまり本気ではなかった。何となく会っていれば、サキはそのうち勝手に消えるだろうくらいに思っていた。でも何故だろう。僕はその時、はっきりと思ったのだった。

サキを消そう、と。

僕の言葉に彼女は一つ間を置いて、うん、と静かに頷いた。

「よろしくお願いします」

そして玩具の時計に目を落とした。

「春人君、そろそろ……」

時間か。

「うん。次、明日の午前九時でいい？」

「——うん」

「じゃあ、明日の午前九時で」

それから僕たちは橋の上に着き、いつものように手を振り合った。

「じゃあね」

「うん、ばいばい」

第二章　きれいだ

◆

翌日、午前六時。

僕はすっと目を覚ました。目覚ましをセットしていたわけではないが、いつもよりも三十分早い。目覚めた瞬間から妙に目が冴えていて、やたらと頭もすっきりとして、部屋の一つ一つの影すらも蒼く澄んでいるように見える。

階段を下りて洗面所で顔を洗い、台所のドアを開けると窓ガラスから射し込む黄金色の光の中をゆっくりと細かい埃が滞留していた。

今日はなんだか空気が柔らかい。

台所があんまり静かだから、僕はいつもよりもゆっくりと冷蔵庫から卵を二つ取り出した。卵は残り二個。一日分しかない。今日か明日、スーパーに買い足しに行かなくては。そんなことを考えつつ黒く光るフライパンを火にかけ、油を引いて温める。コンコンと卵に罅を入れて、フライパンに割り入れる。

ジュッ

ジュッ

軽く水を差して蓋をすると、蓋の内側で閉じ込められた水が出口を求めてばちばちと爆ぜる音がした。火を止めて蓋を少しずらすと、僅かな出口を見つけた白くて細い湯気が身を捩るように渦巻きながら空気の中に逃げていった。

朝九時。いつもの橋で待ち合わせ、

「おはよう」

「おはよう」

挨拶を交わしながら、僕は目を瞬いた。

「どうかしたの？」

サキが首を傾げる。

「いや……」

サキの雰囲気が……変わった？

どこが、とはわからない。――この光のせいだろうか。降り注ぐ朝の光が、そこら中の草木をしっとりと濡らすように柔らかく伸びて、川は面いっぱいに光を優しく湛え、ゆったりと微睡むように流れている。サキは朝陽と蒼い影にふんわりと象られ柔らかくその場に佇んでいた。

僕は一瞬サキに見惚れ、我に返って傘を預かった。

川沿いを歩き出す。

光の粉をふうっと優しく吹き散らすように風が川面を渡る。僕は光さざめく川辺の空気を吸い込んで、言った。

「サキが死んだのって、いつぐらいだっけ？」

サキが川面からゆっくりと目を上げた。

「――わからない。その時のことは全然覚えてないの」

「正確でなくてもいいよ。いつぐらいだと思う？」

彼女は記憶を探すように遠くを見つめながら言った。

「……幽霊になってから夏を見るのはこれが二回目」

「そっか」

「うん」

二回目の夏。季節が一周しているということは、少なくとも一年以上前だ。

「どうして？」

サキの目が僕を捉える。彼女を縁取る光は柔らかく、睫毛から頰に落ちる影はいつもより心なし蒼い。

不意に、何かが足首を擽った。目を落とせば、足元で夏草が僅かな風に漣のように揺れていた。僕はじっくりと地面を踏みしめながら言った。

「……図書館で調べてみようと思ってさ。サキって死ぬには若いし、サキが死んだことには何かしらの理由があったと思うんだ。……もし事故とか事件とかに巻き込まれていたとしたら、何かわかるかもしれない」

「私も行きたい」

僕は意表を衝かれた。一人で行くことしか考えていなかった。

「――人がいるところに行くのは平気なの？」

「平気」

涼しい顔でサキが言う。

「本当に？」

「うん。今まで何回か人とすれ違ったことあるけど、気付かれなかったから大丈夫だと思う」

「でも——」

図書館に行くのと、ただ道端ですれ違うのとではわけが違う。図書館に行くということは人の中に居続けるということで、それに、もしサキが幽霊だとバレてしまったら——？

サキが静かに僕を見た。

「行きたいの。自分のことだから」

それで僕は何も言えなくなった。僕が言うまでもなく、彼女は図書館に行くということがどういうことなのか、わかっているのだ。

翌朝、僕は図書館を目指して自転車を漕ぎ出した。

橋で待ち合わせて一緒に行こうという僕の提案を、「遠回りだから」とサキは断わった。彼女が図書館の場所がわかるかどうか心配だったけれど、近くを通りかかったことがある、というので僕たちは図書館の駐輪場で直接待ち合わせることになっていた。

暑さに蒸れたアスファルト、錆びの浮いたバス停、風に揺れるプラタナス、木陰の自動販売機、空に張り巡らされた黒い電線……市民会館を通り過ぎると図書館の煉瓦の壁が見えてきた。なんてことのない日常の景色。この中にサキが来るなんて嘘みたいで、半信半疑で図書館を囲む植え込みを迂回すると、果たして、彼女は本当にそこにいた。

サキは駐輪場の隅に立っていて、僕を見つけると小さく手を振った。僕は自転車から降り、ゆっくりと彼女に近づいていった。

自転車を引いて駐輪場の庇に入った途端、視界が蒼く冴えた。瞼の内側で陽射しの名残がチカチカと赤く瞬き、徐々に赤味が引いていった。ざわざわと揺れる街路樹の緑。あちこちから聞こえてくる蟬の声。庇の蒼い影の下で、サキの肌の白さが眩しい。

「おはよう」

サキが緊張気味に微笑む。

「おはよう」

僕も微笑み返したけれど、緊張して上手くいったかわからなかった。

「じゃあ——行こうか」

「うん」

僕たちは連れ立って図書館の正面入口に向かった。

「建物に入るのは初めて」

歩きながらサキが囁(ささや)く。

煉瓦造りの図書館。閉ざされた自動ドアのガラスは外の光の加減か中の暗さの加減か半透明の鏡みたいに景色を淡く反射して、右半分にはサキの姿が、左半分には僕の姿が薄く映っている。近づくと自動ドアがスーと左右に割れ、図書館がぱっくりと口を開けた。

並んで建物の中に踏み込む。

入口を跨いだ瞬間、サキの歩調が僅かに鈍った。

冷房の効いた館内で僕はじわっと汗をかいた——思ったよりも人がいる——が、来館者はそれぞれ書籍を探したり読んだりすることに没頭していて、誰もこちらを見ない。僕は速足になり過ぎないよう歩調を早め、サキを先導して新聞コーナーを目指した。新聞コーナーにはテーブルが整然と並べられ、一つ一つのテーブルの上に各新聞社の最新版が置かれていたが、古い新聞は見当たらない。

僕はサキに待っているよう合図してカウンターに向かった。

「あの、昔の新聞を読みたいのですが」

「いつの新聞ですか？」

「……えっと、日にちを特定はしていなくて……調べものがしたくて……」

「一年以上前の新聞については、二階の資料室にお問い合わせください」

資料室はガラス張りで正面がカウンターになっていた。

ぱっと見、資料室の中には誰もいないが中に入るにはカウンターに声を掛ける必要があるようだ。僕は背後のサキの存在を意識しつつカウンターの女性に声を掛けた。

彼女はちらっとサキを見たような気がしたが、特段気にする様子もなかった。

新聞社と年月を指定すると女性が数か月分の古新聞を書庫から持ってきてくれた。

僕はそれを腕に抱き、サキを誘ってカウンターから離れた奥まった席に並んで座り、小さく頷き合った。——第一関門はクリアだ。周りの人にサキの姿が見えているのか見えていないのかは定かではないが。

ほっとして力が抜け、僕は改めて資料室を見まわした。

図書館には学習室で勉強をするために何度か来たことがあるが、資料室に入るのは初めてだった。見慣れない法律の本や貸出禁止の分厚い本に囲まれたしんとした空間で僕たちは新聞を広げ、記事に目を通し始めた。

僕たちは何日か連続で図書館に通った。

緊張したのは初日だけだった。二度三度と足を運んでいると緊張も薄れ、たくさんの本に囲まれた紙とインクの匂いのする人の少ない空間はむしろ心地よいものになっていった。これと言った成果はなかったけれど、サキは時々面白い記事を見つけ出してはちょんちょん、と机の端を指先で優しく叩いて僕に報せ、その度に僕はサキと一緒に記事を覗き込んだ。

時々休憩を入れつつ、三日かけて数社分の過去二、三年分の記事を流し読みし、四日目にはダメ元で過去一年の新聞の貸出を受けた。

四日連続ともなると集中力が落ち、新聞を捲っている途中でとろっと頭が傾いだ。サキが気付いてちょっと笑った。少し寝れば、と彼女は囁いた。あとで起こしてあげるから、と。僕は眠気に任せて目を閉じた。腕枕の中で時折、サキがページを捲る微かな紙擦れの音を聞いた。サキの隣でそうやって眠るのは悪くなかった。

どのくらい眠ってしまったのだろう。

そんなに長い時間ではないように思う。

気が付いた時には、辺りがしんと静まり返っていた。

薄らと目を開けると、霞んだ視界の中にサキの顔が見えた。蛍光灯の白い光の下で彼女は手を止め、新聞のある一点を見つめていた。

――なんだろう。

彼女はぼんやりとしているような、張り詰めているような、今まで見たことのない眼差(まなざ)しをしていた。僕は覚醒していくにつれ、彼女が見つめているのが紙面ではなくその手前、何もない空間であることに気が付いた。

僕が腕から頭を上げるのと、サキがぺら、とページを捲るのはほぼ同時だった。彼女は目を覚ました僕に気付き、柔らかく微笑んで、起きたんだね、と口の形だけで言った。そして僕が何か聞こうとした時にはもう、次のページを捲っていた。

――気のせいだったのだろうか。

結局、僕たちはその日のうちに昨年の新聞も見尽してしまった。そして何の収穫もないまま図書館を出て、掲示板の前で二人で立ち尽くした。休館日のお知らせや夏休みのイベントの告知、夏祭りの案内……掲示物を見るともなく眺めながら何か次の手はないかと考え続けたが、何も思いつかない。

「……図書館はもうやめる？」

僕が聞くと、彼女は声もなく頷いた。

◆

翌日からまた、僕たちは朝九時に橋で待ち合わせて川辺を歩くようになった。

「ねえ、サキ。もう一回、消えるところ、見せてくれないかな」

僕は会う度に彼女に頼むようになった。

「もう一回見せて。――もう一回」

そうやって僕は彼女が指先から解け出るところを見つめた。何度も、何度も、執拗に。見たいわけではない。でも何故か見なければならないような気がした。誰に強制されるわけでもなく僕はサキに会い続け、彼女が消える姿を見続けた。

流星群の翌日から僕たちは一日置きではなく毎日会うようになっていたけれど、そのことについては互いに触れなかった。それよりも僕は夏休みの残日数が気になり始めていた。あと十日ほどで夏休みが終わってしまう。なのにまだ彼女を消す手立てを何一つ見つけられていない。僕は俄かに焦り始めていた。

「僕に何かできることある?」

毎日のように彼女に聞いた。

「サキは本当にやり残したことはないの？」

その度彼女は答えた。

「ごめんね。何もないの。何かあればいいんだけど」

そんなある日の夕方。

家で一人、サキを消す方法を考えていると電話が鳴った。関谷からだった。

『明日の焼肉会だけど』

言われて、ああもうそんな時期かと驚き、続く言葉に息が詰まった。

『今回は中止で。おじいちゃんの具合が良くないの』

——中止。

ここ一年、シゲさんは〝具合が良くなくて〟入院していて焼肉会に顔を出さなかったが、これまで関谷はそういう状況でも一人で僕の家に来ていた。それが中止、ということはつまり……どういうことなのだろう。

『今ね、けっこう危ないみたい』

問うまでもなく関谷があっさりと答えをくれた。

「——そっか。あの、関谷」

『お見舞いはみんな断ってる』

「そっか」

断られてほっとした。そしてほっとしたことに苦い罪悪感を覚えた。

思えば、三か月程前に父と関谷と三人でお見舞いに行った時が僕がシゲさんに会った最後だった。薄い皮膚の下で眼窩の形がはっきりとわかるほどシゲさんの身体からは肉が削げてしまっていた。

どんな態度でシゲさんに接すればいいかわからない僕の隣で、いつものように関谷が中心に話をし、父はいつも通り落ち着き払って言葉少なげで、だから僕は二人に倣っていつも通りの僕を演じた。

そうやって、場所と状況が違うだけで、僕たちはいつも通りに時間を過ごした。

しかし帰り際、父はいつもと違うことをした。シゲさんに握手を求めたのだ。シゲさんは父に応じ、その流れで「春人」と僕を手招いた。僕は招かれるままベッドに寄り、シゲさんが差し出してくれた手を摑んだ。

シゲさんの手は温度が低かった。しかしひんやりとした肌の奥に確かに血が通っているのを感じた。それは痩せてしまっても紛れもなくシゲさんの手だった。いつかおいしい野菜をたくさんごちそうしてくれた手。……いつか僕がしんどかった時、背中を優しくさすってくれた手だった。

　僕は受話器を握り直した。

　――そうか。

　今になってやっと、その時の父の行動の意味がわかった。そして、一度わかってみると、どうしてその時にその意味に気が付けなかったのか、わからなかった。

『春人？』

「何？」

『大丈夫？』

　質問の意味がわからなかった。だって今本当に辛いのはシゲさんと関谷なのだ。

「大丈夫だよ」

　関谷は少し間を空けて言った。

『おじいちゃんには気持ちだけ、伝えておくから』

「うん、よろしく。父さんには僕から言っておく」

　通話を終え、電話を切る。

　父はまだ帰らない。

　家の中はまるで水の底のように静かだった。

ゆら、と視界の端で何かが白く閃く。見れば洗濯物が風にはためいていた。僕は誘われるように縁側でサンダルを履き、洗濯バサミをぷちぷちと外して乾いたタオルやらシャツやらを腕一杯に取り込んだ。

僕は知っている。

こういう時の過ごし方として一番いけないのは、自分の無力を嘆くことだ。そして、一番大切なのは目の前の日常を一つ一つこなしていくことだ。

——たぶんそうだ。

翌日、僕はいつも通りに起きて、いつも通りに目玉焼きを作り、食べて片付け、橋に向かった。

「おはよう」

「おはよう」

この日、僕たちは橋から一番近い神社に行った。神社でお祈りをしてみようか、という僕の半ばやけくその提案にサキが乗ったからだ。

巨(おお)きな御神木の木陰と葉の隙間から洩(も)れた光が散らばる境内を歩き、僕たちは拝殿の前に並んで立った。

賽銭箱に五円玉を入れ、手を合わせる。

思いの外真剣にサキのことを祈ろうとして、本気で彼女をどうにかしてあげたいという気持ちが自分の中で育っていることを知る。具体的な祈りの文言が見つけられずに、何をどう祈ればいいのかわからない自分の心を知る。

目を開けると、隣ではサキがまだ目を瞑って熱心に何かを祈っていた。一分ほどして、彼女はふっと目を開けた。

「何をお願いしてたの？」

僕が聞くとサキは、

「秘密」

と言って照れくさそうに笑い、玩具の時計に目を落とした。

「あ、そろそろ時間だよ」

「――なんかさ」

「？」

「そういうの別にもう良くない？」

「え？」

サキがきょとんとした。

「だって意味ないじゃん。もう少し歩こうよ」

僕が歩き出すと、一拍遅れてサキがついてきた。

僕たちはぷらぷらと境内を歩いた。そして境内の一角、縄にずらりと吊り下がった絵馬の前に立ち、何となしにそこに書かれている文字を眺めた。

『第一志望に合格しますように』『試合に勝つ！』『家内安全健康第一』『いい人と出会いますように』『南が優しい子に育ちますように』……。

風が吹き、頭上の枝葉が撓ってざわめく。

遅れて無数の願い事がカラカラと軽い音を立てて揺れた。

風が止み、境内が静まり返った時、僕は聞いた。

「昔のこと思い出せない？」

「──ごめんね、思い出せない」

「サキは行きたい場所とか、やってみたいこととか、ある？」

「ごめんね、ないの」

「……何かあれば力になるから」

「ありがとう。ごめんね。でも本当に何もな」

「──あのさ、」

僕はサキを遮って言った。

「ごめん、はやめてくれない？」

「——」

サキが言葉に詰まった。口から出そうになるごめん、を飲み込んでいるのだとわかった。それで僕は余計に苛立った。サキはすぐに謝る。そしてそれはひどく僕を消耗させるのだ。苛立ちを抑えきれず僕はサキを睨みつけた。が、次の瞬間、波が引くように苛立ちが引いていくのを感じた。

彼女は何かを堪えつつ、それでも僕を気遣う目をしていた。

……怒ってくれよ、と思う。

けれどサキはそうはせずに、ほとんど八つ当たりのような僕の怒りを正面から受け止めて、むしろ僕を気遣うように言った。

「春人君、いつもありがとう」

僕は首を振った。

サキは悪くない。僕が悪い。そもそも答えようがない質問を繰り返して彼女に何度もごめんを言わせていたのは僕なのだ。でも確かめずにはいられなかった。

「ねえ、春人君ってあんまり笑わないよね」

サキが出し抜けに言った。

「え？」

「そういう自覚ない？」

「なくはないけど……」

「最後に笑ったのはいつ？　どういう時、うれしかったり楽しかったりする？」

サキはどこか必死だった。

「何かやりたいこと、ある？」

立て続けに聞かれ、僕はまた少し苛立った。

「そんなのわからないよ」

「じゃあ、何か夏っぽいことをしよう？」

サキが明るく言う。

「……夏らしいこと、って？」

「……お祭りに、行く……とか……？」

「別にいいけど」

返事をしてから気付く。祭りに行くということは、人混みに行くということで。図書館では大丈夫だったけれど、図書館と祭りの人出はまた少し違う。ああでも、それ以前の問題として。

「地元の祭りはもう終わってるな……」

僕が言うと、サキがはっとしたような顔をした。

「ごめん。そういうこと、ちゃんと考えてなかった」

「あ、ちょっと待って」

僕は図書館の掲示板で見たポスターを思い出した。

「――確か、明後日、隣町であったと思う。それでもいい？」

隣町の祭りならばそんなに規模も大きくはないし、それに、恐らく知り合いもほぼいないだろう。そのほうが好都合だ。何かあった時のことを考えると幽霊と二人で歩いているところはできるだけ知り合いに見られないほうがいい。

「歩いて行ける距離？」

「行けなくはないだろうけど……自転車で行こう。後ろに乗せていくから。僕も行ったことはないけど、たぶん歩きだとすごく時間がかかる」

「――いいの？」

「うん」

僕たちは二日後の夕方六時半に橋で待ち合わせることにして、この日は解散することにした。

「じゃあね」

橋の上でいつものように手を振ると、

「うん、ばいばい」

いつものようにサキが手を振り返してきた。

——その時の僕は自分のことで精いっぱいで、彼女がどういうつもりで祭りに誘ってきたのか、気付くことができなかった。

◆

八月二十六日。

夏祭り当日。

目が覚めてから長い時間、僕はベッドの上でぼうっとしていた。

何となしに気怠くて、このままずっと眠っていたいような気がした。それでもなんとか起き出して、いつものように目玉焼きを作り、朝食を食べ、父が出勤した後の空白の時間を家中の掃除をして過ごした。

　夕方近くになって僕は手持ちの服の中で一番こざっぱりとしたシャツに着替え、念入りに歯磨きをし、身支度を整えて玄関のドアを開け、夜の始まりの空を見上げた。すうっと息を吸い込むと、和らいだ熱気の中に微かに夏の終わりの匂いがした。まだまだ夏だ。それでも夏は盛りを過ぎているようだった。

　ふう、と息を吐き、橋を目指し、北に向かって自転車を漕ぎ出す。

　空に黒く長く張り巡らされた電線、ちかちかと灯(とも)り始めた街燈(がいとう)に、地面で蒼む細い影。通り過ぎる車の排ガスの匂い。早めに家を出たため、約束の六時半まではまだ余裕がある。僕はゆっくりとペダルを漕いだ。

　透明感のある空には高く低くたくさんの蜻蛉が飛び交い、畦道に入るとカナカナの寂し気な鳴き声が聞こえ始めた。やがて、サキが橋の上に立っているのが見えてきた。自転車を停めると同時に、サキがこちら側に橋を渡ってきた。

「こんばんは」

「こんばんは」

　彼女と夜に会うのは二回目だ。

　サキは昼よりも夜がよく似合う。夜の中でしっとりと咲く白い花のように彼女は静かに僕の前に立った。

「……じゃあ、乗って」

僕が荷台を指すと、サキは少し戸惑いを見せた。

「どうやるの？」

「どうやる、って？」

「たぶん私、二人乗りをしたことがないんだと思う」

「――荷台に座って、漕ぎ出す時に地面から足を離せばいいんだよ」

彼女は頷いて素直に僕の後ろに回った。

ふわっと背中でサキの気配が流れ、自転車の重心がぶれてハンドルが不安定に泳ぐ。

僕は慌てて右足を踏みしめ、両手で強くハンドルを握り締めた。

「行くよ。いい？」

「ごめん。ちょっと待って」

サキがそわそわと正面に座り直し、何度か姿勢を変える。しっくりくる座り方が見つからないらしい。見かねて、

「つかみなよ」

僕はできるだけ何でもないことのように言って、空を見た。夜空にはぽっかりと丸

い月が浮かんでいて、ああ、今日は満月なんだな、と馬鹿みたいに思った。

一秒……二秒……と時間が過ぎて、ちらりと後ろを振り返ると、サキは真剣な表情で荷台の縁をぎゅっと両手で摑んでいた。僕は密かに苦笑した。一応、腰に手を回してもいいよ、という意味だったのだけれど。

まあいいや。

「行くよ」

背中のサキに声を掛け、月に背を向け、いつもよりも強めに自転車を漕ぎ出した。ほんの一瞬車体がぐらついたけれど、一度流れを摑んだら安定した。僕はなるべく地面の凹凸を避けて進んだ。

——二人乗りというものはこういう感覚なのだろうか。

初めてだからこれが普通の感覚なのかどうかわからない。荷台に人が乗っているような乗っていないような。ペダルの重さも自分一人の時と大して変わらない。

涼しい風が幾筋も幾筋も、僕の脇を通り抜けていく。

僕もサキも無言だった。

畦道を風が渡る。前後左右に広がる水田の稲がさわさわと波のように優しく靡(なび)いて、まるで自転車で夜の海を渡っているみたいだった。曲がり角に差し掛かる時だけ一人の時よりも重心がぶれて、僕はサキの存在を感じることができた。

サキはずっと静かだった。

あんまり静かだから僕は時々、後ろを振り返ってサキの存在を確かめたくなった。

でも前が見えなくなることやバランスが崩れてしまうことが怖くてできなかった。

目的地が近くなるにつれてぽつぽつと、恐らく会場を目指して歩いている人たちを見かけるようになった。進むほどに歩行者は増えていき、その流れで進むべき方向がわかった。

会場近くに駐輪場を見つけ、サキを自転車から降ろす。

ふっと重心が軽くなった。

僕も自転車から降り、スタンドを蹴って鍵をかけた。

あちこちで人が笑いさざめいている。

頭上で等間隔に垂れさがる提灯（ちょうちん）が宵闇をぽわっとオレンジ色に染め、緩い熱気がふわりと僕の頬やサキの髪を撫でた。

「行こうか」

声を掛け、サキと二人、人波に紛れて歩き出す。

会場が近づくにつれ遠くに聞こえていたはずの祭囃子（ばやし）が、太鼓の音が、ドンドンと身体の内側から響くようになった。何の変哲もない田舎の祭り。それでも歩行者天国の入口で、わぁ、とサキが小さく感嘆の声を漏らす。見れば、オレンジ色の光を受けてサキの目はきらきらしていた。

「楽しい？」

「うん」

頷くサキの満面の笑みを見て、僕の胃は奇妙に揺れた。

蒸した空気に提灯と屋台の灯りが拡散し、柔らかい光の粒子が飛び交って、通りすがりの人たちの下駄の音がカラコロと軽やかに響く。人いきれと屋台の匂い、ずらりと並べられたお面やガリガリと削られていく透明な氷、子どもの手首で揺れる玩具の光の環、浴衣の帯に挿さった団扇に咲く赤と青の朝顔。

夏の宵がそれら全てを混然と混ぜ返し、行き交う人も何もかも、夏闇にぼんやりと浮かび上がる幻か何かのようだった。

彼女が幽霊だと気付く人がいたらどうしようと心配していたのだけれど、杞憂のようだ。サキには祭りの空気が良く似合う。水中に落とされた氷のようにサキの存在は祭りの空気にすっと馴染んだ。

「一旦端まで歩く？」

「そうしよう」

僕たちは人波に乗って夜の道をゆっくりと歩いた。

綿あめの甘い匂い、氷水に浮かぶラムネ、油で鈍く光る大きな鉄板の上で踊るように食材を刻む銀色のコテ……色とりどりの屋台の前を通り過ぎながら、二人で楽しめるように食べ物以外の屋台を探す。

そして赤い『金魚すくい』の文字が目に留まった。

サキを誘い、金魚すくいの屋台に近づくと微かな水の匂いがした。吊り下げられた裸電球に照らされた四角いプールの周りには家族連れと一組の若い男女がしゃがみ込んでいる。僕たちはその数歩後ろからそっとプールを覗き込んだ。

プールの中を涼し気に赤と黒の金魚が泳いでいる。ひらひらと細やかに波打つ小さな鰭。浅い水底に映る魚と水紋の淡い影。

小さな男の子がポイを水に潜らせると和紙が濡れて透き通った。金魚が滑らかにポイを避ける。ちらっと見るとサキは真剣に金魚すくいの行方を見守っているから、僕もプールに視線を戻した。

男の子がポイを使って数匹をプールの角に追い込み、逃げ遅れた金魚を下からすくい上げる。和紙が金魚の重みでふわっと破けた。くっそー、と悔しがるその子の隣で父親らしき男性が柔らかな手つきで一匹すくってみせると、彼は、すげえ、と目を輝かせた。

「やってみようか？」

聞くと、サキは笑顔で首を振り、緩やかに背筋を伸ばした。

一旦端まで歩き通し、折り返しながら彼女は言った。

「春人君は夕飯食べたの？」

「食べてないけど」

「じゃあ、食べて。寄りたいお店があったら待ってるから言って」

僕は目に留まったたこ焼きの屋台にできた短い列に並んだ。その間、サキは人通りの邪魔にならないように屋台から少し離れた道の端で待っていた。たこ焼きを一パック買って彼女の元へ戻ると、

「どこかに座って食べる？」

サキが気を使ってくれて、僕たちは適当に空いている縁石に拳一つ分の距離を開けて腰掛けた。湯気の出るたこ焼きに竹串を刺し、隣で膝を抱えるサキを見る。

頭上でちろちろ揺れる淡いオレンジ色の光に白い首筋が染まっている。

サキを見ていると、食べる、という行為は圧倒的に生きるための行為なのだと感じ

られた。僕はこれから、他の生物の命を口から含んで自分の中に取り込むのだ。

「いただきます」

「ゆっくり食べてね」

「うん」

僕はたこ焼きにかぶりつき――

「あっっつ！」

吐き出しそうになった。熱い。熱すぎる。僕は格闘の末、やっとの思いでたこ焼きを飲み込んだ。くそ、口の中の皮がむけた。

「大丈夫？」

言いながらサキは口元を綻ばせた。

「なんで笑うの？」

「だって。春人君、いつも淡々としてるから。そういう人間らしい反応がちょっとうれしいな、って」

「……なんだそれ」

笑う彼女の目には温かい親しみの色があった。それがうれしくて僕も笑った。

僕たちはたくさん話をした。

それは海に行こうだとか花火をしようだとか、晴れの日と雨の日のどちらが好きだとか、そういう他愛もない話で、言葉はお互いの中から次から次へと溢れるように湧いてきた。

時折、夜風がふっと頰を撫でた。

風がサキの髪を優しく攫う。

ゆらゆらとさざめく提灯の光。

ちりりと翅を鈍く光らせて舞い過る小さな羽虫。

──きっとこの道の普段の姿はこうではないのだろう。

明日の朝には祭りの魔法が解けて元の姿に戻るのだ。でも、今この瞬間はたくさんの明かりを纏ったこの姿が現実で。

屋台の明かり、通り過ぎるたくさんの人の靴の色、人のざわめき。光が、色が、音がさざめき合う道の真ん中でサキと隣り合わせで話をしていると、何故かふと泣き出しそうになって、僕は慌てて最後のたこ焼きを一口で頰張った。あまり嚙まずに飲み込んだせいか、冷たくなったたこ焼きが喉にぐっと閊えた。鞄からペットボトルを取り出し、液体でそれを喉の奥に流し込む。

「……大丈夫？」

「うん、大丈夫。ちょっと待ってて」

空になったトレイをたこ焼き屋で引き取ってもらい、急いでサキの隣に戻る。

それからまたどのくらい話をしていただろう。

ある時、ジャリ、という音がして、草履を履いた小さな足がちょんと僕たちの前に立ち止まった。見上げると、浴衣姿の幼い女の子がサキの真ん前に立ち止まり、じいっとサキを見つめていた。口がぽかんと半開きだ。

サキは、こんばんは、と女の子に向かって微笑んだ。

女の子は何の反応も見せず、黒いつやつやとした瞳でじっとサキを見つめ続けた。その微動だにしない手首から提がった小さなビニールプールの中で一匹の金魚が金色の鱗を水の中で燻らせるようにくるくると泳いでいる。

僕とサキは目を見交わした。サキが少し困ったように笑った、その時、

「すみませんねえ」

頭上から声が落ちて来て、「ほら、行くよ」と、母親らしき女性が女の子の手を引いて歩いていった。女の子はちらちらと何度もサキを振り返りながら、やがて人混みに消えていった。

それからのサキは静かだった。

話しかけても曖昧な返事しか返って来ない。最初、サキは女の子の態度に傷ついたのだろうくらいに思っていたけれど、時間が経っても彼女がそこから回復する様子はなかった。

僕は俄かに焦り始めた。

沈黙を埋めるため、思いついたことを思いついた端からどんどん話した。そうやって焦って話せば話すほど僕の言葉は上滑りして、サキはその一つ一つに一応笑おうとはするのだけれど、段々と表情を硬くしていった。ある時強い衝動が込み上げてきて僕は手を伸ばし、サキの手を掴もうとした。

彼女は遠くを見つめたまま僕が掴もうとした方の手でふっと髪を耳にかけた。

僕の手は宙を掻いた。

――行き場を失った手でゆっくりと自分の頭を掻く。

それが不自然な動作であることは自分でもわかっていた。でもそうせずにはいられなかった。サキの拒絶に気付いたことに気付かれたくなかった。傷ついたことに気付かれたくなかったし、自分が傷ついていることも認めたくなかった。

できるだけなんてことないような顔をして話し続けようとして、けれど平静を装うことは難しく、途中から自分が何を言っているのかわからなくなっていった。やがて持てる言葉が底を尽き、気が付けば僕たちの間に流れていた親密な空気は嘘みたいに冷え固まっていた。長い沈黙が訪れた。

サキは目を少し伏せたままじっとしている。

僕は彼女を恨めしく思った。

これはサキから始めた沈黙で、だからこの空気はもう、僕にはどうしようもない。彼女には僕の手も言葉も届かないようだからもう自分から話しかけるのはやめてやろうと思った。でも自分の幼稚がすぐに虚しくなって、次の瞬間には得体の知れない激しい寂しさに襲われた。一人の寂しさなら知っている。でも、誰かと一緒にいることをこんなに寂しく感じるのは生まれて初めてだった。

僕はひたすら黙って道路の一点を睨み続けた。

——今、何の時間だろう。

僕たちの傍を何人もの笑い声が通り過ぎていく。

いつの間にか人の往来は減っていた。祭りを満喫した人々は思い思いの場所へ帰っていくようだった。僕たちは祭りの最中にあってその流れから取り残されていた。

しばらくしてようやくサキが口を開く気配がした。僕はサキを見た。しかしサキは僕の目を見もせずに前を見据えたまま、ぽつりと、

「帰ろうか」

とだけ言った。

「……うん」

頷くと、彼女は立ち上がった。

遅れて僕も立ち上がった。

帰っていく人波に乗って二人で並んで歩きながら、僕はちらちらサキを見た。そうせずにはいられなかった。彼女は僕の視線に気付いてはいそうだけれど、目を合わせてはこなかった。

祭り会場から遠のくにつれ、賑やかな祭りの魔法が解けていく。

ポツポツとまばらな街灯の灯りを頼りに僕らは帰り道を歩いた。同じ歩幅で同じ道を歩いているのに、全然一緒に歩いている感じがしなかった。一緒に歩けば歩くほど、却ってサキとの距離が広がっていくような気さえした。駐輪場に着き、暗がりから響くカナカナの声に包まれながら自転車に鍵を挿す。

「乗って」

自転車に跨って声を掛けると、サキはとても小さい声で何か言った。よろしくね、とか、たぶんそんな意味のことだと思う。僕は曖昧に返事をして、前を向いたまま気

配でサキが荷台に乗ったことを確認し、

「行くよ」

トン、と地面を蹴り、二人で夜の中に漕ぎ出した。

あちこちの田で蛙が鳴いていて、淡く光彩のかかった綿雲の向こうには星が透けて見えて、自転車を漕ぎながら僕は、明日は雨かもしれないなぁ、と、他人事みたいに思った。サキは行きと同じくずっと無言だったけれど、行きの時の沈黙とはその質が違っていた。

長い沈黙を経て、あと少しで橋に着くという時、突然サキが耳元で、春人君、と僕の名前を呼んだ。

不意を衝かれてペダルを漕ぐ足がほんの一瞬、鈍った。

彼女が何を考えているのかはわからないけれど、てっきり今日はだんまりを通すつもりだろうと思っていた。

「なに？」

できるだけ平坦な声で聞く。

「初めて消えるところを見てもらった次の日のこと、覚えてる？」

「うん」

「私が泣きそうになって、春人君、聞いたよね」

「なんだっけ」

「どうして、って」

「そうだね」

　確かに聞いた。

「私、怖かったから、って言ったでしょ？」

「——うん」

　言葉が景色と一緒に後ろに後ろに飛んでいくから、声が聞き取りにくい。僕は前を見つめたまま少しでも彼女の気配を感じ取ろうと全神経を背中に集中した。

　風の隙間からサキの小さな声が辛うじて聞こえてくる。

「最初の頃、消えるところ、ちゃんと見せなくてごめんね。怖かったの。いきなりそういうところを見せちゃうと、春人君に怖がられるんじゃないかって。春人君が……もう来なくなっちゃうんじゃないかって」

「どうして？」

「気味が悪いかな、って。それに——」

「ちがう」

「え？」

「どうして今そんなことを言うの？」

「……」

届いてない。僕は大きな声を出した。

「ねえ、聞いてる？」

知らずに怒った口調になった。放った傍から自分の口調が悲しくなった。

「聞いてるよ」

その前の質問に対する答えはない。

僕は自転車を漕ぎ続けた。

やがて橋の袂に着いて、自転車を停めた。

サキが荷台から降りるのを確認してから、僕も降りる。

痛いくらいに丸く満ちた月の光が黒く澄んだ川面に零れ、身を捩るようにゆらゆらと揺れている。草木はしんと静かに佇んでいて、夜の川にはリーリーと虫の声が溢れていた。

サキは全身に月の光を吸い込んで音もなく僕を見つめていた。

——ずっと、ちゃんと目を見てほしかった。

でもいざ見つめられてしまうとその眼(め)からはどこか優しい匂いが、寂しい匂いがするから、僕はどこかに逃げ出したくなった。

サキが言った。

「春人君、お願いがあるの」

「──なに？」

嫌な予感がする。

「心臓の音を聞かせて」

「心臓？」

「うん」

どうして、と聞こうとしてやめた。現状、僕がサキにあげられるものなんて一つもないのだから。音でよければあげようと思った。サキがそれを望むなら。

「いいよ」

僕が言うと、サキは壊れ物にするように、そろそろと手を伸ばしてきた。その手が薄いシャツ越しに僕の胸に触れた瞬間、僕の中でごちゃごちゃに高まって渦巻いていた感情が全部、消えた。

サキの耳が胸につく。

じっと僕の胸に耳を押し当てるサキの額や、黒髪が目の前で月の光に濡れている。彼女の存在を胸に感じながら、月はきっと冷たいのだろう、と思った。そうに決まっている。僕はズボンの脇でぎゅっと掌を握り締めた。

――そうでなければならない。

だってこんなに冷たい。冷たい、というか温度がない。サキは夜の闇と月の光を織り込んで作ったみたいに温度がなかった。

――どうか。ほんの少しでもいい。

サキの体温を感じようと僕は必死になった。けれど、無駄だった。

「――聞こえる？」

辛うじてそう尋ねると、彼女は、うん、と小さな声で頷いた。

僕の心臓は今、どんな音を立てているのだろう。さっきから頭の中が真っ白で、僕の中の空っぽに夜の中で呼び合う虫の声だけが響いていた。サキはじっと僕の胸に耳をつけている。肩や背中、頭、彼女の全部が目の前にあって、僕はただ突っ立って、それを見るともなく眺めていたら、ある時、サキがふっと僕から離れ、

「今日はありがとう。楽しかった」

そう言ってへへっと笑った。

賑やかな祭りの名残が脳裏でちかちかと瞬くから、僕はぎゅっと目を瞑ってそれを追い払った。すると、サキの白い手が目に入った。

今、サキが目の前にいる。いつも不安定に揺れていた手が目の前にある。その手を摑まえなければ、と思う。でもまた避けられてしまうかもしれない。そしたら、さっきはぐらかした何かが決定的なものになってしまう。

「サキ」

「？」

「明日またここに来て欲しい」

それだけ言うのがやっとだった。

「うん」

「何時にする？」

「春人君の好きなじ——」

「サキが決めてよ」

僕は彼女の言葉を遮った。

「何時でもいい。サキが言った時間に来るから」

ほんの一瞬サキは困ったような顔をしたけれど、普段と変わらない声音で言った。

「じゃあ、午前九時で」

「……わかった」

僕が頷いた途端、彼女はくるりと僕に背を向けて離れていって、橋の真ん中に立った。その時になって初めて僕は彼女が今日は傘を持っていないことに気が付いた。

傘をどうしたの、と聞こうとした時、

「春人君、ばいばい」

サキが僕に手を振った。

「……うん、じゃあね」

自転車に乗り、地面を蹴る。

夜の中を一人でグン、と漕ぎ出した瞬間、決定的に何かを踏み違えた感触があった。

後ろ髪を引かれて振り返ると、サキが両手を大きく振っていた。

◆

翌日、サキは橋に来なかった。

サキはそれまで約束を破ったことも、遅れたことも一度もなかった。

僕はサキが時間や日を間違えたのだと、そうでなければ何か理由があって橋に来ることができなかったのだと思った。いや、そう思い込もうとした。次の日も、その次の日も僕は橋に行った。けれども彼女はそこにいなかった。

そうやって三日が経ち、四日が経ち――夏休み最後の日。

目が覚めるとカーテンの隙間から細い細い光が射し込んでいて、ああ朝だ、ぼんやりとそう思った。起き出そうとしたけれど、思うように身体に力が入らなくて、それでもなんとか上半身だけ起こした。

静かな朝だ。

細い光の中を埃が舞っている。数分後、僕はぼんやりしていることに気付き、ベッドから身体を引き剝がすように立ち上がった。

しんとした階段に、鈍い足音が響く。

洗面所で顔を洗って、卵を二つ取り出そうと冷蔵庫の扉を開け――あ、と思った。卵がない。補充し忘れた。昨日、最後の二つを使い切った時はちゃんと買おうと思っていたのに。

毎朝卵料理を作る。

それは母が亡くなって以来、急速に痩せていった父を見かねて自分に課した義務だった。料理なんかほぼできない僕は、卵にはたくさんの栄養が詰まっているとどこかで聞いて、父に栄養の多いものを食べてもらいたくて約六年間、朝食に卵料理を作り続けた。些細なことかもしれない。でも続けるのは簡単ではなくて。

それが今日、途切れた。途切れてしまった。

数瞬の思考停止の後、冷凍ご飯を解凍し、小皿に梅干しとシラス干しを添えた。それらをテーブルに置いた時、卵がないことを父に何か言われるかと思ったけれど、

「いただきます」

いつもと違う食卓に父の反応はいつも通りだった。いつも通りに新聞を広げる父を見て僕は愕然(がくぜん)とした。いや、怒りすら覚えた。裏切られたと思った。でも即座に、的外れだ、と頭の中で冷めた声がした。

――だってそれは誰かに頼まれたことじゃなくて、お前が自主的にやっていたことだろう？

朝食後、父が会社に出かけていく。

午前八時。

空っぽの家に、時計の針の無機質な音が響く。

今日で夏休みが終わる。

橋に行こうと思う。いや、意味がない。

もうサキは橋に来ない。

本当は祭りの翌日、約束の時間に現れなかった時点でわかっていた。サキは来ない。

彼女は約束を忘れる人間でも故意に約束を破る人間でもない。彼女が来ないことには何か理由があるべきだった。そして、僕にはその理由がよくわからなかった。

馬鹿みたいに突っ立っていると足元にゆっくりと陽射しが迫ってきた。

……クソ暑い。

屈（かが）んで手を伸ばすことすら億劫（おっくう）で、爪先で扇風機の「入」ボタンを入れ、その場にへたり込む。ぬるい風を額に受けながら、僕は同じ場所を延々と回り続ける扇風機の羽根を睨み続けた。

網戸越しの蟬の声。

ぼんやりと光を弾くリビングの床。

蚊取り線香が燃え尽きて、細い煙がぱたりと絶えた。

だるい。

——動かなければ、と思う。でもそういう気分じゃない。

時間だけが無為に流れて行く。

どこかの家の軒先で、リーン、と風鈴が鳴り、それでようやく、僕はのろのろと動き出した。昼食を用意し、無理矢理食べ、片付け、洗濯物を取り込み、畳んで、ぼんやりして、もう朝食作りはやめてしまおうかと思いつつスーパーに卵を買いに行き、夕食を用意し、食べ、片付け、風呂に入る。

そして迎えた夏休み最後の夜。

僕は早々にベッドに倒れ込んで目を閉じた。身体がだるい。そのくせなかなか寝付けなくて、何度も何度も寝返りを打った。頭の中ではサキと過ごした夏休みの記憶の断片が脈絡もなく思い出されては消えていった。

初めて会った時に髪を濡らしていたこと、川辺で見上げた流星群、雨上がりの道に広がる空の虚像、神社で何かを祈っていたサキ、柔らかい光の粒子が飛び交う夏祭り、たこ焼きを食べて火傷(やけど)した僕を笑っていたサキ、女の子に見つめられて目配せした時のちょっと困った表情、彼女を象る影の形、月明かりに冷たく光る小さな耳、いつだって頼りなく揺れていたか細い手、迷い迷い僕の胸に触れた温度のない指先。

——胸の奥にしこりがある。

冷たくて、質量のあるしこり。薄べったい胸の底でそれは悲しくごろごろしている。

ごろごろ言う胸を抱え、僕は何度も寝返りを打った。

そしてその夜、僕は夢を見た。

それは今まで一度も見たことのない夢だった。

二〇××年七月十六日。

その日、僕はいつものように朝起きて、いつものように家を出て、いつものように学校で過ごし、いつもの四人で校庭で遊び、いつものように一人で家路を歩いていた。

アスファルトに温められた透明な空気がぐにゃぐにゃと不定形な紗のように揺れ、揺らめく空気の中に水溜まりの虚像が見える。陽炎は近づくと立ち消えて、消えてはまた遠くに現れた。

俄かに生温かい風が吹いた。

民家のポストに挿さったペットボトルの風車がカラカラと回り出す。

どこかでリーンと風鈴が鳴った。

家までもう少し。汗でTシャツごと背中にぺたりと張り付いたランドセルを背負い直した、その時。

周囲からふっと音が消えた。

ゆらめく陽炎のその先で、家の前に止まる軽トラと人影が目に入った。軽トラの前に立つしゃんと伸びた背筋を見て、遠目にもそれがシゲさんであることがわかった。

途端に嫌な予感がした。それが何故なのか、表情がわかるまで近くに寄って気付く。いつも笑みを絶やさないシゲさんがちっとも笑っていないのだ。

嫌なことが起こる。

只ならぬ気配にそう直感した。回れ右して引き返したいのだけれど足が動かない。

シゲさんが目を上げ、僕は射抜かれたように立ち止まった。

「春人か」

シゲさんは日に焼けた手で僕を手招きをした。

「来なさい。大事な話がある」

僕はのろのろと歩み寄った。

シゲさんは僕を軽トラの助手席に座らせ、自分も運転席に座りかけ、思い出したように「待っていなさい」――そう言って近くの自動販売機でお茶を二本買って戻ってきた。

そして一本は僕に差し出し、もう一本は自分で飲んだ。

礼も言わずにお茶の缶を手に固まっている僕に、シゲさんは一言、

「飲みなさい」

と言った。

言われるままに缶を開け、中身に口に付ける。冷たくて苦い液体が、口から食道、食道から胃へとじわじわと伝染していく。僕がゆっくりと腕で唇を拭うと、シゲさんは噛んで含ませるように母が亡くなったこと、これから母がいる病院に向かうこと、父はもうそこにいることを話してくれた。

どこかでジージーと蟬が鳴いている。

強烈な陽射しに景色が白っぽく浮き立って見えた。

シゲさんが言おうとしていることはわかった。わかっていることを示すためにコクコクと頷いた。自分が冷静であることが不思議だった。シゲさんが殊更にゆっくりとした口調で何か説明してくれている。でも、何を言われているのかいまいち理解できなかった。

そして、何の前触れもなく僕はその場に吐いた。

シゲさんは背中さすりながら僕を車から降ろし、家の庭の木陰に連れて行ってくれた。お茶を勧めてくれたけれど僕は首を振った。お茶の渋味が喉までせり上がってき

て、また吐く。

何だか頭がぼうっとして、背中をさすってくれるシゲさんの手の感触だけが妙にリアルだった。

僕の吐き気が落ち着くのを待って、シゲさんは軽トラで母の搬送先の病院に連れて行ってくれた。僕はそこで生まれて初めて、死んだ人を見た。

その後の記憶が、ほとんどない。

その一週間後に訪れたはずの小学四年生の夏休みの記憶は、僕の中からすっぽりと抜け落ちている。

◆

けたたましく目覚ましの音が鳴り響く。

僕は手を伸ばして音を止め、起こしかけた頭をぽとりと枕に沈めた。

そのまま十分が経過した。

そろそろ起きなければ、と思う。それから更に五分が経過してからようやく僕はのろのろと起き出した。薄暗い階段を下り、洗面所で顔を洗い、鏡を見ると目の下にクマができていた。

台所に入ると、既にリビングに座っていた父が新聞紙から顔を上げた。

「おはよう」

「おはよう」

言いながら冷蔵庫の前に屈み込み、卵を二つ取り出す。

フライパンをセットし、ガスレンジを捻ろうと顔を上げると、台所の小窓で雨粒がじりじりと捩れていた。僕は思い直してフライパンを仕舞い、卵を小皿に載せた。冷凍ご飯を電子レンジで解凍し、生卵を皿に載せ、テーブルに置く。

「いただきます」

「いただきます」

いつもと微妙に違う朝食と、いつも通り音量を絞ったテレビから流れてくるニュース。テロと戦争、動物園の人気者。捉えどころなくぽんぽんと放り込まれる情報を見るともなく眺めながら卵かけご飯を食べ、食器を洗う。

玄関を出る。

夜の間に雨が降ったらしい。

電線からぽつぽつと滴る透明な雫。あちこちに点在する水溜まり。雲の隙間からは青空が覗いている。僕は地面に映った青空を割るようにして駅に向かって自転車を漕ぎ出した。

駐輪場に自転車を置き、電車に乗り、電車を降り、歩いて高校に向かう。

教室に入ると雨上がりの澄んだ光は夏休みの間に誰と誰が付き合ったとか、誰が髪を染めたとか、面白い動画やテレビにアイドル、そういう心底どうでもいい会話で淀んでいた。

自席に着いて窓の外を眺める。

教室の窓のすぐ近くに張り出した木の枝先の葉が風に揺られ、水のように降り注ぐ清澄な光をきらきらと無限に弾き散らしていた。

がやがやとした教室。

誰かの手の中でシャーペンのペン先が一瞬、きらっと光輪を放った。

僕は机に突っ伏した。

大きな柔らかい手を当てられているみたいに背中がぼんやりと温かい。

——もし。

もしも神様のような存在がいたとして、今、僕の命をふっと拭い去ってくれるならそれでもいいと思う。この温かい日溜りの中で痛みも苦しみもなく消えるように死ぬことができたらそれはどんなに幸せなことだろうか。

　そんなことを考えていると、担任が教室に入ってきてホームルームが始まった。

　そして日常がゆるりと再開した。

　朝起きて、朝食を作り、朝食を食べて、制服に着替え、学校に行き、授業を受けて、昼食を食べて、授業を受けて、帰宅して、夕飯を用意して、夕飯を食べて、風呂を沸かし、風呂に入り、ベッドに倒れ込み、眠りに就き、朝起きて、朝食を作り、朝食を食べて、制服に着替え、学校に行き、授業を受けて、昼食を食べて、授業を受けて、帰宅して、夕飯を用意して、夕飯を食べて、風呂を沸かし、風呂に入り、ベッドに倒れ込み、眠りに就き、朝起きて、朝食を作り、朝食を食べて、制服に着替え、学校に行き、授業を受けて、昼食を食べて、授業を受けて、帰宅して、夕飯を用意して、夕飯を食べて、風呂を沸かし、風呂に入り、ベッドに倒れ込み、眠りに就き、朝起きて、朝食を作り、朝食を食べて、制服に着替え、学校に行き、授業を受けて、昼食を食べて、授業を受けて、帰宅して、夕飯を用意して、夕飯を食べて、風呂を沸かし、風呂に入り、ベッドに倒れ込み、眠りに就き、朝起きて、朝食を作り、朝食を食べて、制服に着替え、学校に行き、授業を受けて、昼食を食べて、授業を受けて、帰宅して、夕飯を用意して、夕飯を食べて、風呂を沸かし、風呂に入り、ベッドに倒れ込み、眠りに就き、

——そして迎えた二学期が始まって以来初めての週末の朝。

何かが足りない。

目が覚めた時、即座にそう感じた。

なんだか……妙に静かだ。

何が足りないのだろう。考えて気付く。ついこの間まで夏を騒がせていた蝉の声が全く聞こえないのだ。一晩で全滅したりはしないだろうから徐々に姿を消していったのだろう。気が付いたのが今朝というだけでいつ全滅したかはわからない。昨日や一昨日には既に消えていたかもしれない。何はともあれ、今年の蝉は寿命を終えた。

予定調和の静けさに僕は微かに狼狽(うろた)えた。

そして狼狽えたことに動揺した。——蝉くらいで僕は何を動揺しているのだろう。こうなることは夏が始まるずっと前から決まっていたことだし、僕はそのことを知っていたはずだった。蝉ならまた鳴くだろう。来年の夏には来年の蝉が。さも毎夏そこで鳴いていているような顔をして。

それにしても……この静けさは何かに似ている。

図書館の資料室で何もない空間に見入っていたサキの姿を思い出し、ベッドから起き出して机の引き出しを開けると、蝉の抜け殻がコロリと転がり出た。

いつか彼女がしたように空蝉を指先で摘まみ、掌に落としてみる。そうすることで何かがわかるような気がしたけれど、当然そんなことはなくて。抜け殻は相変わらず空っぽで、軽くて、そのくせ硬くて、肢の部分が肌に引っ掛かってチクチクした。

僕は空蝉を乗せたまま掌を閉じた。

ピキ、とどこかに亀裂が入る音がして手の平に尖(とが)った脚が刺さった。僕はそのまま空蝉をゆっくりと握り潰し、粉々になったそれをゴミ箱に棄(す)てた。

週が明けて月曜日。

この日の最後の授業は日本史で、教室では教科担任がぶつぶつと聞き取りにくい声で教科書を読み上げていた。

夏休みの残り香はとっくに消え、午後の光が斜めに射し込む教室には単調な講義に引きずられるように気怠い空気が漂っていた。机の下で携帯をいじったり、腕を枕に眠っている生徒もちらほらいる。時折、ひそひそ笑いがそここでさざめいた。

僕は漠然とした気持ちで座っていた。

この時間は一体何なんだろう。クラスの大半の生徒が早く過ぎろと願うだけの、ただ疲労を蓄積させられるだけの無意味に緩く囲まれた時間。

と、ポン、とノートの上に白っぽい何かが飛んできて机の上をころころと数回転がって停止した。小さく丸めた紙だ。飛んできた方向を見ると、斜め二つ前の席で関谷が軽く手を挙げた。

くしゃくしゃに丸まった紙を開くと、

【何してるの？】

綺麗に整った文字が並んでいた。

前向いてろよ。

僕は関谷に首を横に振ってみせた。すると彼女はすぐさま机に被さるようにして紙の上にペンを走らせ、くしゃくしゃに紙を丸めて下手投げしてきた。それは綺麗な軌道を描いて僕の机に届き、机の端ぎりぎりで停止した。

紙を開く。

何も書いていない。

ただのしわくしゃの真っ白な紙。

顔を上げると関谷は、

《ばーか》

と口の形だけで言い、にっと笑って前に向き直った。

——さっぱりわからない。

僕は教科書に目を落とした。

翌日、シゲさんが亡くなった。

関谷は忌引きで教室にいないけれど、教室の中は概ねいつも通りに回っていた。いつもと少し違うのは、関谷と仲が良くていつも一緒に行動している生徒が心なし所在なさげに別の生徒たちと行動を共にしていることくらいだった。

そういうもんだよな、と思う。

いつどこで誰が亡くなったところで、きちんと日常は続いていく。誰かの不在で世の中は大して変わらない。それはシゲさんだけではなく、誰がいなくなってもそうなのだ。

金曜日に通夜があり、その日は夕方から天気が崩れ出した。

もったりと重たく曇った空の下、僕は地元の駅で会社を早上がりした父の運転する車に拾ってもらい斎場に向った。斎場へ行くのは母の葬儀以来だ。父と二人、ほとんど無言の車中で僕は落ち着かない気持ちで窓の外を眺めていた。斎場は苦手だ。得意な人もいないだろうが。

しかし、息を詰めて斎場に着き、受付を済ませていざ満員の式場に入った途端、僕は拍子抜けした。斎場は人の悲しみが凝縮された重苦しい場所だと思っていた。けれどそこで悲嘆に暮れている人はほとんどいないように見えた。むしろどちらかと言えば参列者は平静で、知り合いを見つけては小声で穏やかに言葉さえ交わしていた。あまり思い出せないけれど、母の時はこういう雰囲気ではなかったように思う。もっとやり場のない涙の匂いがした。でも考えてみればそれは母は亡くなるには若かったし、急だったからなのかもしれない。

——ずらりと並んだ喪服姿の人々の最後尾に着きながら思う。

悲しみとか、お別れとか、歳を重ねた人の場合はこういう風に穏やかに迎えるものなのだろうか。それとも故人がシゲさんだからこそ、この雰囲気なのだろうか。

……よくわからない。

通夜が始まると、ざわめきがすっと引いた。

粛々と式は進み、やがて焼香の順番が回ってきて、今よりも少し若い病気になる前のシゲさんの遺影と棺を前にし、意味もわからず前の人に倣って焼香をした。隣の人に合わせて礼をし、顔を上げてシゲさんの遺影を何気なく見た時、強烈な既視感にガツンと頭を殴られたような衝撃を覚えた。

——ここだった。確かに、ここだった。

六年前、シゲさんがいる場所に母がいた。

母の遺影が祭られていた祭壇には今はシゲさんの遺影があり、かつて僕がいた場所、遺族の位置には関谷がいた。焼香を済ませ、その場を辞するべく遺族に頭を下げ、顔を上げた時、関谷と目が合った。もしかしたら関谷は泣いているかもしれない。そう思っていたけれど、彼女は淡々とした様子で遺族としての役割を果たしていた。

焼香を終えた参列者が三々五々に斎場を後にする。

ぽつぽつと雨が降り出す中、人波に乗って僕も父と共に建物の外に出た。駐車場に向かって速足で歩き出した父の背を追い、数歩遅れて歩く。父が無言で鍵を開け、僕たちはほとんど同時に車に乗り込んだ。

「けっこう人来てたな」

父が言う。

「そうだね」

シートベルトを着用しつつ、答える。

車のフロントガラスは雨のレンズで覆われて、外の景色は凸凹に波打って見えた。父が車のエンジンをかけ、ワイパーを起動させる。ワイパーが雨のレンズを一掃した。日常に向かってゆっくりと車が走り出す。

雨は何度でも僕たちの視界を歪ませ、その度ワイパーがそれを薙いでいく。雨の音に覆われて、車内は外界から断絶されたみたいに静かだった。

僕はちらっとハンドルを握る父を見た。

父は真っすぐに前を見つめていたけれど、僕の視線に気付くと言った。

「夕飯どうする?」

「なんでもいいよ」

「喪服だしな……」

父は少し考え込んだ。

「……着替えてラーメンでも食いに行くか? たまには外食もいいだろ」

車中で、ラーメン店で、父は普段よりもよくしゃべった。いつもよりも口数の多い父を見て僕は思う。

こんな時、父も母を思い出したりするのだろうか、と。

◆

生まれて初めて見る〝死んだ人〟が、母になるとは思わなかった。

怪我をして帰った日も、友達と喧嘩(けんか)をした日も、何かに失敗してしまった時も、いつだって大丈夫だよ、と言ってくれるのは母だった。

その母は真っ白い布団の中で冷たくなっている。

「遺影どうしようか」

「この写真でいいんじゃない？」

大人たちは混乱の中で何かに追い立てられるようにバタバタとしていた。遺影を選んだり、玉串を供えたり、そういう名前も知らない一つ一つの儀式が、母の死を決定づけ、着々と現実に固定していくみたいだった。

……ずっと、大人は何でも知っているんだと思ってた。

いつも誰かが〝答え〟を知っていて、本当に困った時には誰かが答えを教えてくれて、だから何があっても大丈夫なんだと思っていた。しかし大人たちも母の突然の死に困惑して、気持ちの行き場を失っているように見えた。

色んなことがあり過ぎて、当時の記憶は飛び飛びだ。

覚えているのは、病院の消毒の匂いや、ベッドにかかった白いシーツ、顔に掛けられた白い布が怖かったこと、鼻に詰められた白い綿、大人たちが慌ただしく動いている中で母の枕元で揺れる蠟燭の炎を見ながら手持無沙汰で部屋の隅っこで正座していたこと、父が時々指示をくれてお茶や座布団なんかを運ぶと親戚の大人たちにやたらと褒められたり涙ぐまれたりしたこと、夜中に父が黙って母の頭を撫でている姿を見てしまったこと、病名は教えてもらえなかったけれど、母は死ぬ時にものすごく頭が痛くなったのだと聞いたこと。

あと、通夜祭の日の昼間に納棺があったことだけははっきりと覚えている。

斎主に納棺の前に皆で母の身体を清めるという説明を受けた時、おかしなことに僕は真っ先に父のことを心配した。そんなことをしたら父は泣いてしまうのではないかと思った。

動揺する大人たちの中で父はただ一人、怖いくらいに淡々としていた。でも悲しくないわけがないのだ。父はきっと耐えている。僕はこれ以上父に負担をかけてほしくなかった。勝手だけれど、僕は父の泣いている姿を見ることが何よりも怖かった。それを見てしまったら大袈裟（おおげさ）ではなく、世界が壊れてしまうだろうと思った。

それに僕は、父が泣く姿を誰にも見せたくはなかった。でも、僕の心配をよそに父は母の身体を拭きながら、言った。

「きれいだ」

思わず僕は父を見上げた。

「きれいだ」

ぽかんとする僕の前で父が、ぽつぽつと言葉を零すように、きれいだ、きれいだ、と繰り返しながら母の手を、腕を、首を、脚を、爪先を、拭けるところは全て、時間をかけて丁寧に拭いていった。

「もうしゃべれなくても、何もできなくても、死んでいても。お前はきれいだ。美春（みはる）はきれいだよ」

父は母の額を撫でた。

「ゆっくり休んでな。ありがとう」

心配するまでもなかった。

父は泣かない。ただ、その代わりみたいに、全神経を振り絞るように額に汗を掻いていた。そうやって、全身全霊で母をどこかに送り出そうとしていた。

背後から誰かの嗚咽（おえつ）が聞こえてきて、僕は怒りを感じた。

ちがう。

ちがうんだ。父さんはこういう人じゃない。こんな風に、人前で大切なことを、自分の気持ちを言葉にして伝える人じゃない。

——ああでも、そうか。

ちがうんだ。

父が、じゃなくて、状況が。母さんがこの家にいるのはこれが最後なのだ。たぶん、父はそれをわかっている。最後だから、いつもと違うんだ。

最後なんだ。

父は泣かない。でもその代わり、僕の中で何かが壊れた。ボタボタと音がしたかと思うと父が手を止めて振り返り、

「春人」

さっと僕を抱いた。

「大丈夫だ。大丈夫」

父に頭を撫でられ、久しぶりに感じる父の温もりに、その絶望的な温かさに僕は激しく首を振った。その時になって初めて、ボタボタと零れているのが自分の涙なのだと気が付いた。

——ちがう。

父の温かい腕の中で、僕は悔しくて奥歯をギリギリと噛み締めた。そうやって、身体の震えも嗚咽も噛み殺そうとした。

ちがう。

僕は叫びたかった。

僕じゃない。本当に痛いのは父さんなんだ。父さんは泣かない。でも父さんの悲しみに気付かないほど、僕は子どもじゃない。

ちがうんだ、ちがうんだ。

僕はいつまでも首を横に振り続けていた。


母が亡くなるまで、僕には知らないことがたくさんあった。

たとえば、父が不器用だということ。

ある朝焦げるような匂いがしてリビングを覗いてみると、父がアイロン台の前で胡坐をかいて腕組みをし、眉間に一本深い皺を作っていた。

「どうしたの」

問うと父が顔を上げた。

「うむ。焦げてしまった」

父はとても冷静に言ったが、よく見ると額に汗が浮かんでいた。

「母さんは、こんな風にやってた」

僕は空中でアイロンをかける真似をしてみせた。そうしながら、母がアイロンをすいすいと滑らかに動かした後にワイシャツやハンカチの皺が魔法みたいに伸びていく様を思い出していた。小さい頃はそれが面白くて、母がアイロン台を取り出すと近くに寄って行って、手元をじっと眺めていたものだった。

「できるのか？」

父は微かに眉を開いた。

「うん。できる。かして」

できるような気がしたのだけれども。

父から受け取ったアイロンは思った以上にずしっと重たかった。アイロン台の上にシャツを拡げ、表面にアイロンを滑らせてみると何かに引っ掛かって手元が問え、すぐに皺ができた。一度ついてしまった皺は消えなくて、消すために、ギュッ、とアイロンを押し当てた。皺は消えない。もう少し、長く押し当ててみる——そんな風にしていたらシャツに薄い黄色っぽい痕が付いてしまった。

「ふん」

皺クシャになったシャツを前に、僕は腕を組んで首を傾げた。

「うむ」

父も隣でむつかしい顔をしていたけれど、ややあって、僕の頭をぽんと撫でた。

「ありがとな」

アイロン掛け以外の洗濯物は何とかなった。

洗濯物を干すのは元々父の分担だったし、取り込んで畳むのは母の分担だった。取り込みと畳むのは僕がやった。小さい頃から手伝いをしていたから何となくやり方は知っていた。

一番の問題は料理だった。料理となると父は持ち前の不器用さを発揮し、お約束を一通りやってのけた。すなわち、包丁で手を切る、フライパンを焦がす、

「熱っ！」

火傷をする。

その度僕は救急箱の蓋を開けた。父の手には日一日と生傷と絆創膏が増えていった。

そんな風に父は時々失敗しつつも僕に日常をくれようとした。

父は無口で雄弁だった。父は無言で叫んでいた。

大丈夫だ、と。

父は何というか、そういう人だった。大切なことは口に出さない。でもその代わり、行動で語る。大抵のことは何でもないような顔をしてやってのけようとする、そういう強い人だった。そして僕が心配だったのは父のその強さだった。

父は夜中に鼾（いびき）をかくようになった。日に日に深くなっていく目元のクマや、やつれていく顔を見ていると、父まで身体を壊してしまうのではないかと心配で胸が千切れそうになった。父の背中はどんどん薄くなっていって、屈むとシャツの内側で海に浮かぶ孤島みたいに背骨がぽこぽこと隆起しているのが見えた。

ムリはしないで。そう頼んでも父は、ありがとな、と笑うだけだった。僕にはそれが堪（たま）らなかった。父にこれ以上がんばってほしくなかった。

僕がこの世で一番、欲しいもの。

日常。

安心して過ごすことができる、日常。

両親がいて、友達と遊んで、ご飯を食べて、夜は安心して眠れる、そういう、当たり前の日常。でもそれはもう二度と、この先一生手に入らないものだから。それはわかっているから。

だったら僕は、僕に今できることをしよう。

ある日、学校から帰って、誰もいない家で父が帰るまで一人で留守番をしている時、僕はそう決めた。できることを増やして、少しでも父の負担を減らそう、と。

そしてまず、朝ご飯を作ることを思いついた。ご飯作りに掃除洗濯……時間の経過と共に僕は少しずつ色んなことができるようになっていった。

でも、それと反比例するように僕にはできなくなってしまったことがあった。

◆

月曜日。

高校に登校すると教室には関谷の姿があった。

シゲさんが亡くなって関谷は気落ちしているかもしれない。そう思っていたけれど、彼女はなんというか——いつも通りだった。白っぽい光がぼんやりと拡散する明るい窓際で仲の良い友人とおしゃべりに興じ、笑い合ってさえいた。僕はほっとしたような肩透かしを喰ったような奇妙な気分で机に鞄を置いた。

始業のチャイムが鳴り、漫然と一日が始まっていく。

一時間目、数学。

二時間目、英語。

三時間目、体育。

四時間目、国語。

五時間目、日本史。

そして、放課後。

校舎を出ると強い陽射しに瞳がぎゅっと窄(すぼ)んだ。

校庭や遠くの家々に射し込む西日の厳しさは一見真夏のそれと変わらない。同じように見える景色なのにどこか虚(うつ)ろな感じがするのは光線から熱が抜け落ちているからだろうか。僕は一瞬立ち尽くした。何だかもう、歩けないような気がした。

それでもなんとか足を前に出す。

電車から降りて一人改札に向かって歩いていると、

「春人」

唐突に後ろから声を掛けられ、振り返る間もなく、ぱっとその場の空気を吹き飛ばしながら関谷が軽やかに横に並んできて、僕はどきっとした。

「──おう」

彼女はまるで一つの清涼な風みたいだった。返事をしながら、僕はそれまで自分が何を考えていたのかわからなくなった。

「電車、同じだったんだ」

瑞々しい瞳で覗き込まれ、僅かにたじろぐ。

「うん。気が付かなかった」

「ね」

人波に乗って改札を抜け、駐輪場に向かいながら彼女が言う。

「おじいちゃんのお葬式、来てくれてありがとう」

うん、と曖昧に頷いて、駐輪場で自転車を引き出す。

僕たちは会話をするでもなく夕暮れの街を並走した。駅前通りの商店街、赤い鳥居と小さな祠（ほこら）、微かにソースの匂いの漂う白壁の駄菓子屋に、グラブとバットが並んだスポーツ用品店、昔よりも随分と小さく見える小学校……見慣れた街並みを通り過ぎ、分かれ道に差し掛かる。

関谷の家の方向を選ぶと、彼女は軽く目を瞬いた。

「……送ってくれるの？」

「ああ、まあ」

僕は曖昧に答えた。

「……」

「……」

「関谷」

「何？」

「元気？」

関谷は、ふっと笑った。

「もしかして私のこと、心配してくれてる？」

「まあ、少しだけね」

僕は観念した。

ふふ、と関谷が笑う。

「ありがとう。大丈夫だよ」

「そっか、よかった」

そう言いつつ、橙色に染まった関谷の横顔を見て、どうしてだろう、僕は彼女が泣いてくれたらいいのにと思った。

空が紅い。

小さい頃から変わらない午後五時の鐘の音。

優しい夕暮れの匂い。

鐘の余韻が消えた時、僕は関谷から離れたい、と思った。

三叉路を右に曲がると太陽光が真正面で強く閃いて、次の瞬間、建物の影にふっと翳った。光線の残像の紫色がひと気のない湿った路地裏にちかちかと散らばった。

「前にも言ったことあるけど」

斜めに道を走り去る茶トラの猫を見送って、思い出したように関谷が口を開く。

「世の中にはさ、知らずに済めば越したことはないことがたくさんあって、死ぬまでの間にどのくらいそれに遭遇するかはその人の持つ運によるんだと思う。あと、考えないほうが生きやすいことがたくさんあって、それをどのくらい考えてしまうかはその人の持つ性質によるんだと思う」

緩やかな坂道に差し掛かり、関谷はその傾斜角度を確かめるようにふっと前を見据え、それから僕を見た。

「──でさ、春人はきっと色んなことを考えちゃうんだよね」

「どうかな」

きしきしと車輪が軋む。車体がぶれないよう自転車のハンドルを握り直す僕の横で、彼女は強くペダルを踏み込んだ。

「おばさんが――春人のお母さんが亡くなった後、春人、山内とか佐口とか、それまで仲良かった人たちと遊ばなくなったじゃん？」

「ん、ああ」

前に出た関谷につられて僕も重たいペダルを踏み込む。

家での日常は母がいなくなったことで変わってしまったけれど、学校での日常は何も変わらないはずだった。前と同じような毎日を過ごしているはずなのに、それまでおもしろいと感じていたことが、おもしろいと感じられなくなった。そして笑わない僕と友人たちとの間には少しずつズレが生じていった。

「二学期に入ってすぐくらいだったよね。佐口と喧嘩して怪我して帰って来た時、春人、喧嘩とか怪我のこと、『父さんには言わないで』って言ったの覚えてる？」

僕は苦笑した。

「そんなことよく覚えてるね」

その頃にはヤマとヒデと口を利かなくなっていて、サグが懸命に僕と二人の間を取り持とうとしていた。けれど最終的に、僕は彼らと一緒にいることを諦めた。その日、思い切って三人から離れて行こうとしたところをサグに引き留められ、それに無性に腹が立って、僕は彼に吐き捨てた。

『お前らと一緒にいてもつまらねえんだよ』

それで、取っ組み合いの大喧嘩（げんか）になった。

関谷の家の縁側でシゲさんに擦りむいた膝の手当をしてもらっている横で、関谷は猫のような目でじっと僕の傷口を、傷口の手当の仕方を見つめていた。手当が終わり、シゲさんが席を外して関谷と二人きりになった時、僕は唐突に、関谷だけに言っておかなければならないことがあることに気が付いた。

『あけちゃん』

無意識に小さい頃の呼び方が出た。

『なに？』

『サグとケンカした』

関谷はちょっと考え込んでから言った。

『……佐口君たちと？』

自分から言い出したくせに問い返されて返事に詰まった。

佐口君たち、、。

どうやら関谷はクラスは違くとも、僕がヤマやヒデと上手くやれていないことに気付いていたようだ。幼馴染にそれを知られているのは堪らない気がした。でも僕は否定したい気持ちを飲み込んで、うん、と頷いた。もっと堪らないことがあったからだ。

『父さんには言わないで』

なるべく自然に、平静に言おうと思うのに、声が微かに揺れた。

関谷はそれに気づいてしまったようだった。

『……なんで？』

気遣うように聞かれ、心配させたくないのだと、そう声に出すと泣きそうになるから、僕は込み上げるものを噛み殺して強い口調で言った。

『なんでも』

今までずっとサグたちと一緒にいたのが、一緒にいなくなれば関谷はその異変に気付くだろう。もしかすると関谷はそれを心配して父に伝えるかもしれない。でも、どうしても、絶対に、父だけには学校で上手くやれていないと知られたくなかった。僕は上手くやれている。嘘でも父にはそう思っていてほしかった。

関谷は腑に落ちない様子でじっと俯いてたけれど、やがて顔を上げ、

『――わかった』

コクリと頷いた。

『春人が嫌なら言わない。でも春人、それは一体――』

それが一体何なのか、その時はわからず終いだった。彼女が言葉を続けようとした
ちょうどその時、麦茶とお茶菓子を載せた盆を持ったシゲさんが戻ってきたのだ。

――湿った路地裏を抜けると、頭上にぼんやりと霞む橙色の広い空が開けた。

「あれって一体誰のためだったの？」

時を超え、僕はあの時関谷が何を言おうとしていたのかがわかった。ただ僕には彼
女の質問の意図がわからなかった。

「――ねえ、春人。私、大学は北海道に行くよ」

「うん」

「寂しい？」

僕は答えられなかった。

「私は寂しいよ」

関谷が言う。

「私ね、春人も含めて今周りにいてくれる人たちのこと、大切に思ってる。一緒にい
てくれて感謝してるし、いてくれないと困る。でも三年後、私は君の傍にいない。君
も私の傍にいない。今当たり前みたいに毎日一緒に過ごしてる人たちは周りから誰一

人いなくなる。私はそれを寂しく思う。でもね、どんなに大切な人でも、どんなに必要な人でも、別れがどんなに悲しくても、新しい環境の中で私はいつかそれが平気になる。それでね、私はそれが一番寂しい。……私が言ってること、わかる？」

「何となくね」

「それでも私は行こうと思う」

僕たちの横を走り去るトラックのサイドミラーが夕陽を弾いてきらっと光った。

「春人は？」

「え？」

「春人はどうするの？」

「……関谷は何をしに行くの？」

関谷が風に乱れた髪を耳にかけ、遠くを見つめながら言った。

「色んな人に会いに行くんだよ」

その日の夜。

風呂上りにタオルで髪を乾かしながらリビングを通りかかると父が四人掛けのテーブルに一人で座り、熱心に何かを眺めていた。それが昔のアルバムだと気付いた時、

「──何してるの？」

自然と声が漏れた。一人アルバムを捲るその姿に声を掛けずにはいられなかった。

父が肩越しにのんびりと振り返る。

「ん？　いやあ、懐かしいな、と思って」

「そう」

「春人も見るか？」

僕はそれを無視した。

「父さん。今日関谷に会ったよ」

父は丁寧な手つきでアルバムをテーブルに置き、身体ごと僕に向き直った。

「明美ちゃん、どうだった？」

「──ふつうだった」

「そうか、普通か」

父が深々と頷いた。

「うん」

そうか、と父がもう一度とっくりと頷いた。そして、

「落ち着いたらまた焼肉やろうな」

そう言って笑った。

もう前みたいにはできないよ。

言いかけて、そのあまりの子どもっぽさに言葉を嚥下する。言葉が喉笛を通り過ぎる時、意に反してほんの微かに喉が震えた。

父は目敏かった。

「春人は？」

「え？」

「お前は大丈夫か？」

「大丈夫」

言いつつ、僕はテーブルのアルバムを破り捨てたい衝動に駆られた。

「……父さんは？」

本当は聞いてはいけないことなのだと思う。きっとこれは残酷な質問で。——でももう、自分で自分を止めることができなかった。ずっと、ずっと聞いてみたかった。

「父さんこそ大丈夫なの？」

絞り出した問いに、しかし父はゆっくりと目を瞬いた。

「何がだ？」

「何がって……」

母さんもシゲさんもいない。三年後には関谷もいなくなる。もしかすると、僕も。

そしたら父は……――それがどういうことなのか、わからないはずがない。

小さい頃からずっとここにあるテーブル。関谷とシゲさんが来る時には椅子が足りなくて、台所から丸椅子を引きずってくるのは僕の役目だった。焼肉会の日には五人でぎゅうぎゅうになって座った。その広すぎるテーブルの席に、父は今、一人でポツンと座っている。

「――何でもない」

立ち去りかけたその時、

「春人」

父に呼び止められた。

静かな声だった。でも、そこには不思議な迫力があった。

「お前は好きなところへ行けよ」

コチ、コチ……と、二人きりの部屋に時計の針の音が響く。

――恐る恐る振り返ると、思いがけず父の温かな眼差しに出会った。

「好きなところに行って好きなように生きろ。お前ならどこに行っても、何をやっても大丈夫だから」

僕が黙っていると父は、ん？ という風に顔をしかめた。

「……あれ？ これ前にも言ったことあったか？」

関谷に言ったんだよ。

僕は首を振って苦笑した。

そしてその場にいることに耐えられず、自室へ逃げ込んで、ぱたんと後ろ手でドアを閉め、そのままドアに凭れかかった。

ドアの内側で立ち尽くしていると、

『きれいだ』

頭の中にいつかの父の声が、姿が、浮かんだ。

ぽかんとする僕の前で、きれいだ、きれいだ、と繰り返しながら母の手を、腕を、首を、脚を、爪先を、拭けるところ全て、時間をかけて丁寧に拭いていった父。

あの時。

父という人間が静かに燃え上って、僕はそれを美しいと思った。同時に、父の静かな激情を目の当たりにして怖くなった。生きて行くことが心底、怖くなった。

目の奥がツンと熱くなり、僕は歯を食いしばった。

……——どうして僕はいつも人とちゃんと向き合えないのだろう。父や関谷みたいに今目の前にいる人を大事にできないのだろう。

どうして。

滲んだ涙で部屋の輪郭が揺らぐ。

遅れて、ふっと祭りの夜が脳裏に浮かび上がった。

橋の袂で月の光を吸い込んで音もなく僕を見つめていたサキ。どこか優しい匂いが、寂しい匂いがしていた目。別れ際、心臓の音が聞きたいと言ったこと、胸に押し当てられた耳。耳を離し、へへっと笑う彼女に……僕は何も言ってやれなかった。

僕は滲み出してくるものを腕で乱暴に拭った。怒りの涙だ。拭っても拭っても湧いて来る。その場にしゃがみ込み、堪え切れず嗚咽が漏れた。

母さん。今わかった。

僕は自分が傷つかないことが一番大切だった。

ずっと胸の奥にしこりがあった。

冷たくて、質量のあるしこり。

……僕が自分を守るために自分で作ったしこり。

いつも当たり前に傍にあったもの——ふとした瞬間に僕を見つめる視線の柔らかさ、

肌に触れる手のひらの温かさ、顔中をくしゃくしゃにする笑い方、僕を叱る時の真剣な眼差し、少し籠った優しい足音、台所に立つその後ろ姿——そういうものを、永遠に失ってしまったものを、一つ一つ確かめていくことが怖かった。

まともに向き合ってしまったら、気持ちがどうしようもなく溢れてしまうから、心が壊れてしまうような気がしたから、痛みや悲しみに溺れないように、そういうもの全部、頭から追い出して、恋しさが溢れそうになる度にぎゅうぎゅうに押しつぶして、押し固めて、そしたら自分が何を感じているのか、よくわからなくなった。

母がいなくなり、シゲさんがいなくなった。

それでも、時間は流れ続ける。

変われないまま歩き続けて、辿り着いた行き止まりで、いつか弱さと向き合う時が来るなら。

——それはきっと、今だろう。

第三章　消えてください

◇

ちゃぽ、と絵筆を水に浸す。

ふわふわと柔らかかった毛束が水を吸って艶(あで)やかな流線形に締まる。濡れた絵筆で白い画用紙を撫でると、水は一瞬紙の表面に留まって光沢を放ち、すうっと吸い込まれて画用紙が膨れ上がった。

筆の形を軽く整え、パレットの絵の具を掬う。

膨れた画用紙に筆先を添えると、水気を伝って絵の具がふわっと滲み出した。丸めたティッシュでトントン叩いて色を抜き、色合いを見て色を足す。何度かそれを繰り返し、ふっと絵から離れて全体を俯瞰(ふかん)する。

ドライヤーで画用紙の水気を飛ばし、再び筆を持つ。

紙の端で二、三回絵の具の色味を確かめつつ筆先を整えて、画用紙に淡く着彩をする。色が濁らないように小まめに水を変え、一筆一筆、色を、線を、重ねていく。

時々筆を置き、全体を俯瞰し、また筆を取る。

――と、集中の糸が完全に切れ、耳が急激に周囲の音を拾い出した。

あ、まただと思う。

おしゃべり、咳払い、椅子が床を擦る音、無数の音に囲まれて、迷子みたいな気持ちになる。――描き始めはいい。けれど筆を重ねていき、何となく作品の全景が見え始めると途端に着地点がわからなくなり筆が止まってしまう。本当に、うんともすんとも動かなくなってしまい、そこから一切進まなくなる。

「さーき」

ぽんと背中に温かい手を添えられ、振り返ると綾香さんが立っていた。

「どう？　調子は」

「……やっぱり、ダメみたいです」

据わりが悪くて、私は椅子に座り直した。そうやって改めて見ると、自分の絵がひどく平べったい無機質な物体に見える。

「あら。どーしちゃったんだろうねぇ」

「んー……」

工作台の下から椅子を引き出して私の隣に置き、綾香さんは座りながら垂れてきた前髪をさっと耳にかけ、絵と私の顔を交互に見比べた。

「いつから？」

私は首を竦めてみせた。

綾香さんは同じ中学の美術部出身の一学年上の先輩で、四月に高校の美術部で再会したのだけれど、再会した時には既に私はこの状態だった。綾香さんはぐーっと身を乗り出すようにして絵を眺めていたかと思うと、緩やかに首を傾げた。

「紗希ってさぁ、何のために絵を描いてるの？」

「——……なんとなくです」

「なに今の間！　絶対なんとなくじゃないよね。何なに？　教えて！」

綾香さんが元々きらきらしている目を更に輝かせ、私の二の腕を両手でゆさゆさと揺する。時々、すごい人だと思う。自分の感情に従って素直に人の内側に分け入っていけるこの人はたぶん、人を愛する才能に長けている。その無邪気さにこちらも少しだけ、無防備になる。

「上手く言えないんですけど……私は絵で人を幸せにしたいんです。優しい絵を、温かい絵を描きたくて。それで誰かが少しでも温かい気持ちになってくれたらいいな、って……」

言いながら顔がどんどん火照っていく。

ずっと胸の中で温めていた思いを口に出すと何故だか泣きそうになった。私は絵の力を信じていて、それは私にとってとても大きな願いだった。

綾香さんは私の目を見たまま、するりと言った。

「なるほど。紗希は嘘吐(うそつ)きなんだ」

意表を衝かれ、一瞬何を言われたのかわからなかった。

うそ？

「えっと、どの辺りが……？」

私が戸惑っていると、綾香さんは顎に手を当てて、考え込むように言った。

「いや、難しいんだよね。だってさ、予め答えを提示されちゃうとわかったような気になって、だからこそわからなくなることってあるじゃん？　たとえばいきなり〝愛は美しい〟とか言われたら、うっせー、そんなん知ってるけど知らんわ！　ってなるでしょ？　……そんな感じ。自分で納得しないと永遠にわからないヤツ」

「……」

「まあでもさ、どーしても迷ったらあたしのとこに来な」

言いながら、ぴょん、と椅子から立ち上がる。

「あたし、期待してるんだよね。一年の代は紗希と今井の二人が柱になるんだろうなーって」

そして綾香さんは、わいわいと和やかに談笑しつつ筆を運ぶ部員たちの間を縫ってタタタッと窓際に歩み寄った。

「いーまいー！」

既に定位置となりつつある窓際の後方で一人淡々と石膏のデッサンをしていた今井君は、警戒心の強い猫のように胡乱な目を彼女に向けた。

「……飽きたんですか？」

「うん。絵ぇ描くの飽きた！　見ーせて……お！　いい感じだね！」

今井君は無視して黙々と絵を描き続ける。綾香さんはそれを気に留める様子もなく、ふんふん、と少し離れたところから眺めている。

今井君とは同じクラスだけれど、私は彼が誰かと口をきいている姿をほとんど見たことがない。無口なのだ。普段からあまり人とは交わらず、部活の時も美術室の端っこに一人で椅子を引いて行き、必要以上に言葉を発さずに黙々と終了時間まで描いては帰っていく。人間が嫌い、というわけではないのだと思う。絵を見ればわかる。今井君の描く絵はどれも生き生きとして、雄弁だった。彼の内側にはとても豊かな世界が広がっていて、それを日常的に言葉で表現するには少し、人間が繊細過ぎるのだ。


部活からの帰り道。

東から夜が伝っていき、まるで花が開いていくみたいに街中にぽつぽつと灯りが燈(とも)り出す。若い夜の不安定な匂い。徐々に夜に馴染んでいく街の影。

頭の中がしんとする。

歩きながら、この世界はとても不定形だと思う。

同じものでも見る時間帯、角度、配置、背景、光の当たり方や影の伸び方、光の反射、色彩の相互作用、拡大縮小の程度……ありとあらゆる要素で見え方が全く変わってしまう。絵に生かそう。歩きながら私は人間カメラになってあちこちに視点の焦点を絞り、緩め、次々と景色を切り取っては自分の中に仕舞い込んでいった。

時折吹く風が街中の花びらを攫って回り、軽やかに春を終わらせていく。

カンカンと線路の警報が響き、遮断機の信号が赤く点滅する。

赤茶けた線路の前で立ち止まる。

ゆっくりと遮断機が下りる。

橙と藍の精緻なグラデーションの中で小さく輝く一番星が、轟音と共に駆け抜ける電車に遮られて一時見えなくなった。

電車が通り過ぎ、遮断機が上がる。警報が止み、ぱたりと静寂が訪れた。

線路を渡り、ぽこぽこと家が並び立つ住宅地を歩く。どこかの家からカレーや煮物の匂いがする。家の前に着き、私は鞄から鍵を取り出し、鍵穴に挿した。

「ただいま」

いつも通り返事はない。息を止めて台所を覗いてみると、血のように赤い夕陽を浴びて母がシンクの前で黒い影か何かのようにじっとしていた。声を掛けようか迷ったけれど、音を立てないようにその場を離れ、自分の部屋へと向かう。

窓を開け、洗面所で筆洗バケツに水を汲み、スケッチブックを開き、パレットに絵の具を絞ろうとした時、
紗希は嘘吐きなんだ。

ふと綾香さんの声が蘇り、手が止まる。少しして、私は出しかけた道具を仕舞った。

人が壊れていく時にこれが原因だというたった一つの理由はなくて。だからきっと色んなことが難しいのだと思う。

「オイ、醬油」

夕食の席で、母はテーブルに肘をついて、ぼうっとテレビを見ている。

「オイ、って」

父の声が俄かに苛立つ。私が母の前を横切るように腕を伸ばして醬油を取ると、父は、はぁ、と大きな溜息を吐いた。

「母さんはもうダメだな」

ボタボタとアジフライに醬油を垂らしながら、父が呟く。

「ん？　なに？」

母がぱっと振り返り、人工的に口角を上げて小首を傾げた。

「何でもねえよ」

「なになに？　ねぇ、気になる。ねぇ、なに、一貴さん」

母が子猫のように高い、甘えた声を出す。

「もういいって」

父が私にちらっと意味深な目配せをしてきた。ある程度気持ちを掬ってあげないと父の苛立ちは本格化するから曖昧に首を傾げてみせて、お惣菜に箸を伸ばす。アジフライを頬張り、児童虐待のニュースが流れるテレビ画面を眺めながら父が誰に言うともなく言った。

「あーあー……最近こういうの多いな……ひっでえ話だよな。普通こんなことできねーだろ。……こいつらクソだな。親になる資格がねえよ」

父は一口発泡酒を呷り、思い出したように私を見る。

「紗希、お前今日の昼、何食った？」

「今日はあんぱんにしたよ」

「それだけか？」

「――ウチの高校のあんぱん、すっごくおいしいんだよ。桜の塩漬けが乗ってて……」

しかし父は私の言葉を遮るように発泡酒の缶を乱暴にテーブルに置き、母に向かって非難がましい声を上げた。

「お前もさぁ、紗希に弁当くらい作ってやれよ。主婦なんだからそれくらいできんだろ。中学までと違って給食ねえんだぞ。わかってんのか」

「え、なぁに？」

母がまた人工的に口角を上げる。

父は舌打ちと共に沈黙し、片足で貧乏揺すりをしながら発泡酒の缶をベコベコと揉みしだいた。ちょうどその時、賑やかなバラエティ番組が始まった。

クイズバトルの景品の高級ステーキを眺めながら、母がポツリと呟く。

「いいなぁ。……吐くまで食べたい」

テレビの中でどっと笑い声が弾ける。父は無表情に携帯をいじりながら発泡酒を呷っていたけれど、やがて音を立てて席を立った。

「風呂入る」

母と二人きりになり、沈黙が濃度を増した。

母は瞬きもせずテレビ画面に見入っている。

私はそっと席を立った。

台所の戸を開け、生ゴミと腐った水の饐えた匂いに息を止める。数十匹の小蠅が生ゴミやシンクに溜まった皿にちょろちょろと集り、何匹かは中空をふー、とゆっくりとした速度で飛んでいる。シンクの上の小窓に手を伸ばすと、その小さな動作の風圧に流されるように小蠅がふわっと私の腕を避けた。

小窓を開けると新鮮な夜風と腐った空気が入り混じった。

なるべく全体に触れないように指先で赤カビの浮いた蛇口を捻り、スポンジに洗剤を垂らした時、カタカタと戸が開き、母が顔をのぞかせた。

「紗希、やらなくていいよ、お母さんがやるから」

「――うん」

「あと、お母さん、何があっても絶対に紗希にお弁当毎日作るから」

私は慎重に母を見た。

先ほどの父の言葉を思い出す。父が思っているほど母は鈍感じゃない。

今の母には毎日のお弁当作りは難しいように思われた。母の決心は破綻することが目に見えている。その時母は自分の言葉に呪われて、お弁当を作れない自分を必要以上に責めてしまうだろう。でもなんて言えばいいんだろう。

曖昧に頷く私の横を通り過ぎ、母は冷蔵庫を開けた。
五、六枚入りのスライスハムの小袋を取り出し、ビニールを剝いてハムを束のままパクパクと食べ始め、あっという間に食べ終わり、休む間もなく次の小袋を開ける。
私はそっとそこを出た。

六月の終わり頃、昼休み開始を告げる鐘の音と共に教室を離れ、私は一人で廊下を歩いていた。

通路を渡り、北側校舎に移る。

生徒のほとんどは教室のある南校舎か校庭にいる。理科室や音楽室がある北側の校舎を昼休みに歩いているのは私くらいだった。陽の当たらない廊下にはひやりとした初夏の空気が漂っていて、まるで違う星に来てしまったみたいだった。

トイレの戸を開け、中を覗く。

誰もいないことにほっとしつつ、個室に入り、弁当箱を開く。

母のお弁当作りはすぐに途切れるだろうと思っていたけれど、今のところ毎朝弁当箱にバナナを入れてくれている。……毎回、食べようと、食べなくちゃ、とは思う。せっかく用意してくれたのだから。でも、弁当箱に付着しているぬめりが無理矢理押し込められたバナナのぬめりなのか汚れなのか判断がつかない。母にも食べ物にも申し訳ないのだけれど、皮を剝いて中身を千切ってトイレに流す。流れていくバナナを見て罪悪感で胃が膨れ、鈍い吐き気が込み上げてくる。

今朝の、何本ものスティックパンを平らげる母の姿が浮かぶ。

その映像を何とか頭から振り払う。朝出がけに、ちゃんと食えよ、とお金を渡してくれた父の姿が浮かぶ。母の気持ちも父の気持ちも両方ダメにしているようで、申し訳なくて更に気持ちが悪くなる。私は持参したお煎餅を齧り、時間をかけて何とか一枚を食べ終え、トイレを出た。

最近、地面がふわふわする。

まるで細胞の密度が低くなってしまったみたいに身体がすかすかと頼りない。中学の夏休みに栄養失調気味になったことがあるけれど、あの時の感覚に少し似ている。

一階を歩き、突き当りの階段を上り、二階を歩く。人がいないところに行きたかった。階段を上がり、三階を歩く。屋上へと続く階段を上がる。

踊り場で何気なく顔を上げ、心臓が凍った。

今井君がいた。彼は白っぽく光る鱗硝子の扉に寄り掛かるように座り、奇妙な表情で私を見下ろしていた。

「何してるの？」

聞くと、今井君は膝に目を落とした。

「絵を描いてる」

彼の視線の先にはノートよりも一回り小さいサイズのスケッチブックがあった。たぶん彼は休み時間を将来のために、絵の上達のために使っているのだろう。

「そう」

五月の連休明けから、私は一度も部活に行っていなかった。何だか気まずくて立ち

去りかけると、

「清水さん」

後ろから声が掛かった。振り返ると、伸びすぎた前髪の奥で今井君が私を見ていた。

「もう絵は描かない？」

今ちょっと忙しくて、とか、元から絵はそんなに好きではなくて、とか、何かそれらしい嘘を吐こうとしたけれど今井君の目を見て、彼には嘘が通じないだろうと思った。

「……描かないんじゃなくて、描けないんだよ」

できるだけ単調に言う。いつからかはわからない。ずっと絵が好きだったのに、気付いた時には全く描けなくなっていた。

「ふうん」

今井君は目を逸らし、頭をぽりぽり掻いた。

「じゃ、今度、モデルやってくれない？」

「え？」

聞き間違いかと思い聞き返すと、今井君はぶっきらぼうに言った。

「人物デッサンがしたいんだ。やったことないから」

ああ、と思った。

専門学校ではどうか知らないけれど、普通科の美術部の活動でモデルを雇うことはまずない。生きている人間をデッサンしようと思ったら鏡を使って自分を描くか人にモデルを頼むしか方法がない。

「うん。いいよ」

私は今井君の絵が好きで、だから私でよければ練習に使ってもらおうと思った。

そして翌日の放課後、モデルをする約束をした。

翌朝、いつものようにリビングで紙コップにシリアルと牛乳を注ぎ、ペン立てからプラスチック製のスプーンを一つ引き抜いた。

ぷす、とスプーンの薄いビニールを裂いた時、

「お前さぁ、こんなもん弁当じゃねえだろ！　もっと人の気持ちになって考えろよ」

怒鳴り声がして台所に顔を出すと、父が私のお弁当箱を中身ごとゴミ箱に捨てるところだった。何かの拍子に中身を見てしまったらしい。

「部屋は汚(きた)ねえし！　ああ、もう……」

口角を上げてふんわりと微笑む母を父は舌打ちと共に一瞥(いちべつ)し、台所を去った。

私はすかさずその後を追いかけた。

「お父さん」

母が付いてきていないことを確認してずんずん歩く父の背中に声を掛ける。

「お父さん。お願い。お母さんにあんまり厳しいことを言わないで」

「ああ？　厳しいこと？」

「お母さんはダメだとか。お母さん、今けっこう気持ちが落ちてると思うの。だから……何もできなくても優しくしてあげて」

父は呆れたように笑った。

「お前なぁ、言っとくけど、母さんのアレ、演技だぞ？」

「え？」

「お前、過食症について調べたことあんのか？　俺はあるぞ。……言っとくけど、特徴、違うからな。いちいち反応するなよ。ほっとけ」

「……過食症って誰が言ったの？」

父が動きを止め、感情のない眼で私を見据えた。

「お母さんのこと、なんとかしたほうがいいと思う。じゃないと、もっと……」

言いかけて口を噤む。私と父の間の透明な空気の中で、何かが張り詰めていくのを感じた。父はどさっと投げ出すように玄関に鞄を置いた。

「……紗希、前から思ってたんだけどな、お前、大袈裟だよ。お前の物の見方が悲観的だから、実際よりも現実が悲劇的に見えるんだろ」

靴べらを取り、ピカピカに磨かれた汚れ一つない革靴に踵を押し込み、肩に鞄を掛けながら父は疲れたように言った。

「つーか、要はアレだろ？　お前は、こうなったのは俺のせいだ、って言いたいんだろ？」

乱暴に玄関ドアが開かれる。暴力的に明るい陽射しに瞳がぎゅっと収縮する。

私が何も返せずにいる間に、ビシッと背広を着込んだ父の背中が朝陽の中に消えていった。


――放課後、自分の席でぼんやりとしていると、今井君に声を掛けられた。

「じゃあ、いいかな？」

「え……？」

「あ……いや、何でもない」

慌てて立ち去ろうとする彼を見て約束を思い出す。

「ごめん。デッサンだよね。行こう」

私は今井君について教室を出た。

彼のひょろりとした背中を追いかけるように通路を渡り、北校舎に向かう。美術室が近づいてくるにつれ、私の中で少しずつ緊張が高まっていった。もう一、二か月も部室に行ってない。やがて部員たちの和やかな話し声が廊下にも漏れ聞こえてきた。久しぶりに聞く綾香さんの声に何故か胸がヒリッとする。

今井君が美術室に入っていき、入口の数歩手前で立ち尽くす私に気付いて戻ってきた。

「来なよ」

「――別の場所じゃダメかな」

声が上ずりそうになった。

今の自分が絵が描けないことは認めていた。でも美術室に入って行けないのはショックだった。そこまで自分が絵を拒絶するなんて思わなかった。

立ち竦む私に、今井君は表情を変えずに「待ってて」とだけ言い、イーゼルとスケッチブック、鉛筆数本と練り消しを持って戻ってきて、

「こっち」

私の脇を通り過ぎてすたすたと歩き出した。

「……どこに行くの？」

私は戸惑いながら彼の後に続いた。

「ん」

答えにならない答えをしつつ、今井君がどんどん先を歩いていく。

そして私たちは来たばかりの通路を渡って南校舎に逆戻りした。二階の二年生の教室を通り過ぎ、連絡通路の扉を開け、そこに誰もいないことを確かめると、今井君はプレートに何の表示もされていない教室の廊下面にずらりと並ぶ引き戸の一つに手をかけた。

戸はカラカラと開いた。

今井君は当然のような顔をしてそこから画材一式を教室に入れ、するりと身体を滑り込ませて戸を閉めた。間もなくかちゃかちゃと音がして、内側から教室の入口の戸が開いた。唖然としている私に向かって今井君が言った。

「入って」

言われるがまま無名の教室に入り、今井君が鍵を閉め直している間に教室を眺める。

一般的な教室よりも二回りも小さい。陽に焼けた薄黄色いカーテンが陽射しをふんわりと受け止め、教室は熱がこもって日向っぽいような埃っぽいような匂いがした。

「ここって……？」

聞くと、今井君はぶっきらぼうに言った。

「先生たち気付いてない」

説明になっていないことに気付いたのか、今井君が宙を睨みながら言い足した。

「三週間くらい前……かな。静かな場所を探してたら、ここ、通りかかって。あそこの戸、見えるか見えないかくらいの隙間が空いてて。試しに引いたら開くからさ」

言いながらイーゼルを適当な机の上に立てる。

「鍵の閉め忘れ？」

「たぶん」

「なんで使われてないのかな」

今井君はそれを無視して、ちらっと私を見た。

「座って」

「どこにどんな風に？」

今井君はイーゼルにスケッチブックを立て掛けていた手を止め、じっと私を見つめ、そして、目を逸らして言った。

「――好きなところに好きな風に」

困ってしまった。

人物デッサンなんてやったことがない。今井君も初めてだと言っていた。私は迷いながらそろそろと机を縫うように歩き、教室の入口側に座った今井君と対角線を結ぶように窓際の席の椅子を引いた。

どういうポーズが描きやすいだろう。きっと正面よりもある程度角度があったほうが描きやすい。手はどこに置こう。手はたぶん全身の位置関係を把握するための目印になる。私はあれこれ考えて今井君に対して身体の正中線が少しズレるように座り、手を膝の上に落ち着けた。

「……いい？」

問われ、私は今井君の左隣の椅子の上に視線の焦点を定めて頷いた。

「いいよ」

今井君の顔からふっと表情が消えた。無表情、というわけではない。余分なものが落ちて〝絵を描く人〟の顔になった。

今井君は私に向かってすっと鉛筆を縦に、続いて横に構えた。

僅かな静止。俄かに空気が張り詰める。と、まるで指揮者が指揮棒を振り出すように今井君の腕がスケッチブックの上を流れ出した。

無音の教室に鉛筆が画用紙を擦る音だけが響く。

私はその場にじっとしていて全くじっとしてはいなかった。

私の内側はとても騒がしかった。驚いた。動かないでいること。たったそれだけのことがこんなに辛いことだとは思わなかった。きっとまだ五分も経っていない。それなのにもう、指先が、首筋が、全身が強張り始め、身体中の細胞が声高に抗議を叫び始めていた。

あとどのくらい、こうしているのだろう。

この部屋には時計がない。仮にあったとしても、きっと視線を動かすことができなかったと思う。――前から絵に対して苛烈な人だとは感じていた。それにしても今日の今井君にはどこか鬼気迫るものがあって、瞬きをすることすら躊躇われた。

何分経っただろう。

ある時、今井君を纏う空気が乱れた。額に汗が滲んでいる。私は今井君が苦戦して、そして何故かとても焦っているのを感じた。彼の焦燥が静かな空気を伝って私にも届いた。初めての人物デッサンでいきなり上手く描けるわけがない。それなのに、彼は何をそんなに焦っているのだろう。

お互いがものすごい勢いで摩耗していくのがわかった。

私は早く終わってほしかった。でも何故か自分から終わりを切り出すことができなかった。私は神経を総動員して表情を固定してただそこに座っていた。もう無理だ、もう限界だ、を刻一刻と更新しながら、ただそこでじっとしていた。

——それからまたどのくらい経ったのだろう。

不意に今井君が手を止めた。

遅れて遠くから足音が聞こえてきた。

「隠れて」

今井君がイーゼルごと机の下に身を隠した。私は動かなかった反動で上手く動けなかった。ぎしぎしいう身体でぎこちなく机の下にしゃがみ込むと、ふわっと血液が流れ出して身体中の細胞が弛緩していくのを感じた。足音が通り過ぎていくまで廊下から自分たちの影が見えないように姿勢を低くして息を潜めた。

「よし、行った……」

誰かの足音が遠ざかると今井君がそうっと立ち上がった。私も立とうと思ったけれど上手くいかなかった。身体がぎちぎちで、腕が細かく笑っている。それを見ていたらどういうわけか、目元がふうっと熱くなった。

あ、まずい、と思うのと同時に今井君がこちらを見た。

「――清水さん？」

「へへ、じっとしてたら眠くなっちゃった」

声が揺れないように注意しながら私は欠伸をする振りをして目元を拭った。今井君はとても困った顔をして、

「待ってて」

そう言い残して教室を出て行った。

今井君の足音が遠ざかり、夕暮れの無名の教室で一人になったら、なんだかほっとしてぽろぽろと涙が出てきた。

数分後、今井君は自販機の苺ミルクの紙パックを二つ抱えて戻って来て、こちらを見ずに一つ私に押し付けて、

「これ。お礼」

三つ離れた席に背を向けて座ると自分の分の苺ミルクにストローを挿し、中身を吸い込んだ。

「ありがとう」

初夏の太陽がゆっくりと沈んでいく。埃っぽくて優しい匂いのする無名の教室で、

私は苺ミルクにストローを挿して口をつけた。

――甘い。

ちらりと今井君を見る。柔らかそうな髪が、形のいい耳が夕陽に優しく縁取られている。彼の後ろ姿を見ていたら、唐突に気が付いた。今日は今井君のために私がモデルをやったのだと思っていた。でも逆だった。……きっと彼は彼のやり方で美術室に行かなくなった私を気にして声を掛けてくれたのだ。

強張っていた気持ちがふうっと緩み、胸が熱くなった。

今井君はじっと窓の外を見つめている。

胸が詰まって一気には飲み込めない。私は時間をかけてちびちびと苺ミルクを飲み下した。


家に着くと玄関で母が待ち構えていた。

「こっち来なさい」

その切羽詰まった様子を見て私は大人しく付いて行った。

「座りなさい」

言われた通りにリビングで膝を抱えて座る。と、母は、

「正座だよ」

命令口調で言い放った。

……抵抗がないと言えば嘘になる。

でも母の性格上、言い出した手前、私が服従するまで気持ちが治まらない。逃げたところで今日も明日も明後日も、ずっとずっとこの家で生活するのだから今拒絶して怒りを大きくするよりは、早めに終わらせてしまうのがいい。

私が正座すると、母は腕を組んで仁王立ちした。

〝躾(しつけ)〟が始まる。最近あまりなかったのにな、と思う。

躾をする時の母は大抵の場合、怒りに任せて論点を見失い最後には自分でも何を言っているのかわからなくなってしまう。そして大抵の場合私は悪くない。と思う。母は怒りたくて怒っているのではない。母が躾をしたがるのはストレスを溜め込み過ぎてしまっている時だ。そういう時によく何か正当な理由を作って私を叱りたがる。

真に受けるとこちらの心が壊れてしまうから深いところで真に受けずに、真に受けて反省しているように見せて、親としての自尊心を満たして母としての存在を肯定してあげればいい。そう思っていたのだけれど。

「今朝、一貴さんに何て言った？」

一言目で不意を衝かれた。

「今朝、一貴さんに何て言った、って聞いてるの」

「……何も」

返しつつ、サァーと血の気が引いていくのがわかった。

「何も、じゃねーよ。お前、一貴さんに私がおかしいって吹き込んだろ！」

全身に冷たい汗が滲んだ。

「ちが――」

母は私を突き飛ばした。バランスを保てず、耳の後ろと肩がテーブルの脚にぶつかる。元の姿勢に戻った時には、母が食器棚を開けていた。

「お前のせいでおかしいって思われるだろうが！」

ゴッ、という音がして、咄嗟にかざした右腕に衝撃が走った。

お皿だ。

腕が衝撃を吸ったのか、母が投げつけた皿は割れず縁に沿ってぐわんぐわんと鈍い音を立てて出来損ないの独楽（こま）のように床の上を回った。

……折れた？

骨の髄がツーンと痺（しび）れるように痛む。熱いような冷たいようなおかしな感覚がした。

けれど、折れてはいない。痺れて感覚はないけれど指は動く。

母は一瞬自分のやったことに戸惑ったような顔をして、でも次の瞬間、激昂(げっこう)した。

「お前がおかしいんだよ！　わかってんのか？　おい！」

人が感情的になっている時に必要なのは正論ではなくて、タイミングを見て先に折れてあげることだ。そして折れるべきはいつだって心が強い方だ。

母と私ならば、きっと私が強いから。

「ごめんなさい」

どうしてだろう。いつもはちゃんとできるのに、喉が詰まって声が潰れた。

「聞こえねえよ！　はっきり言いなさい！」

今にも壊れそうな母の目を見つめて、言い直す。

「ごめんなさい」

母はぎりぎりと私を睨みつけていたけれど、やがて食パンを一斤引(ひ)っ掴(つか)み、貪るように食べ始めた。

『吐くまで食べたい』

――私が一番最初にその言葉を聞いた時、それは母から父へのメッセージのように思えた。私を心配しろ、もっと私を愛せ、という。長年母の中で溜まり続け鬱屈した感情が根詰まりを起こして、出口を求めて、その言葉と行動に変わってしまったのだと。しかし父は母の言動を私とは正反対に捉えた。父は母のそれを演技と呼んだ。

何が本当なのか、私には分からない。でも、どちらにしても。

ねえ、そんな風に食べたら身体壊すよ。

母は物凄い勢いで食べ続ける。

心配で胸が潰れそうになる。

卑怯だとは思う。

でも私はその姿を見ているのが耐えがたくてリビングから逃げ出した。遅れて、おええ、と、激しくえずく音が、誰か助けて、の音がした。私はそれに耳を塞いで、大急ぎで自分の部屋から筆洗バケツを取ってきて洗面所で水を汲み、部屋に戻ってスケッチブックを開いた。

ぺたぺたと色を塗る。

画用紙に色が散る。真っ白い画用紙を無数の色でひたすらに塗りつぶしていく。現実を、美しい色で、線で、ひたすらに覆っていく。あっという間に水が濁り、生乾きの絵の具が画用紙の上で血みたいにてらてら光る。

ふと筆が迷子になった。

急に吐き気が込み上げてきて、しゃがみ込んで咳き込む。そのままじっとしていたら徐々に吐き気が引いていって、私は再び筆を持った。

そして動きを止めた。

……着地点がわからない。どこに筆先をついても正解ではないような、自分がひどく無意味なことをしているような感覚に襲われる。それに、右腕がじんじんする……腕から乗り移ったみたく頭のてっぺんが、こめかみが、内側から押し広げられるようにじんじんする。

咄嗟のこととは言えどうして利腕で受けてしまったのだろう。左にすればよかった。右手は私の身体の中で一番大切なのに。

……いや、違う。

大切だった。

絵で人を幸せにしたいと思っていた。優しい絵を、温かい絵を描きたいと、それで誰かが少しでも温かい気持ちになってくれればいいと。それを目指して描いてきた。

でも、本当は知っている。

たとえば声を掛けるとか、背中を優しくさするとか、人の心を解すには色んな方法があるのだということを。なのに私はそれをしないで、目の前にいる人から逃げて、母から逃げて、顔も知らない誰かの幸福を、優しい世界を祈りながら絵筆なんかを握っている。

『紗希は嘘吐きなんだ』

ふと、綾香さんの声が浮かんだ。

本当にそうだと思った。私は嘘吐きだ。身近な人すら大切にできないのに、優しい絵なんか描ける訳がない。

私はただ現実から逃げてるだけ。

綾香さんの姿が浮かぶ。楽天的に見えて人の気持ちに敏感で、人の気持ちに寄り沿って、さりげなく声と手を伸ばせる。本当の本当は。私は絵なんか描きたくなくて。

私はただ、ああいう人になりたかった。

布団に入る。

夜を雨の音が覆っていく。

……眠れない。

雨が屋根を叩く音が激しくなっていく。

頭がじんじんする。

布団の中できつく身を固めていたら徐々に窓の外が明るんでいった。

いつの間にかじんじんは止んだけれど、今度は奇妙に頭の中が空っぽになったような気がした。頭だけでなくて身体がすかすかふわふわして、手が、腕が、足が、全てが頼りなく非現実的に感じられた。父母と顔を合わせるのが怖くて、私はいつもより早く身支度を済ませて家を出て、雨に濡れた奇妙に生明るい空の下を歩き出した。

下を向きそうになって、ぐっと堪えて顔を上げる。

――何があっても俯かないこと。

それはささやかでいて絶対的な私の中のルールだった。

俯くということは、自分に負けるということで。一度俯いてしまったら、そのまま一気に暗いところまで落ちてしまう。

それに顔を上げてさえいれば、毎日必ず美しい景色に会える。この世界は美しいもので溢れているから、どんな時でも美しい景色だけは私にも保証されている。だから大丈夫。私は歩ける。……景色が奇妙にぼやけて上手く頭に入ってこないのは、ほんの少し、疲れているからなのだと思う。

撓(たわ)んだ電線にぽつぽつと連なった透明な雫の一つが、表面に世界を丸く集約してアスファルトに落ちて弾けた。

ある時私はふと、前方から三人組の女の子が横並びに歩いてきていることに気が付いた。三人とも傘を差しているからまるで壁が迫って来るみたいだった。そして、おしゃべりに夢中になっていて、誰も道を空けようとしない。

三人に道を空けるために歩道から車道に降りる。

びしょ、と靴が濡れた。

見るとそこには濁った水が集まっていた。濁った水溜まりの表面には正しく空が映っている。その時、鼓膜が不透明な液体に覆われていくような、ぞわぞわと何かがそそけ立つ音——奇妙な耳鳴りがした。

耳鳴りの向こう側、どこか遠くでクラクションが鳴った。

見れば、物凄いスピードで車が迫って来ている。その車は右側で路駐している車を避けて車線を大きくはみ出してしまったみたいだった。

あ、と思った。

私には誰が悪いとか、悪くないとか、よくわからない。

でもたぶん、傷つけることを真の目的に人を傷つける人ってそうはいない。人を殺すのは一つの劇的な事件よりも、細切れのちょっとした無意識や小さな悪意の積み重ねなのだと思う。きっとそういうものが幾つも幾つも重なり合い影響し合って、一つの線をふっと乗り越えた時に何かが起こるのだ。

——あの路駐をしている車の持ち主は他人の道を多少塞いでしまうことよりも自分の利便の方が大切で、それを避けた運転手のお兄さんは安全運転よりも時間が大切で、女の子たちは他人に道を譲ることよりも友達とのおしゃべりが大切で、特に何も大切に思えなかった私はただそこで突っ込んでくる車を眺めていた。

運転手が、あ。という顔をした。

これから起こることが全てわかっているような、同時に今一つわかっていなそうな顔。悪い人じゃなさそうだった。フロントガラスの向こう側の、男の人の引き攣った顔を見た瞬間、ああ私はこの人の人生を壊そうとしている、と思った。もしかすると逃げられたかもしれない。でも私は動かなかった。

ごめんなさい。
なんだかもう、無理です。

そして大きな衝撃が来た。

指先でそっと机を叩くと、春人君が目を上げる。

机の上を滑らせて新聞を寄せると、彼はぐっと身を乗り出してきて、私が指し示した記事を覗き込み、ちょこっと眉を上げた。まるで出してはいけない声の分まで表情に託そうとしているみたいにリアクションがいつもよりも大きい。彼のその律儀さがなんだかおかしくて、そしてちょっとうれしくて、私が思わず笑うと、この記事面白いよね、そんな調子で頷いてくれるから、記事じゃないよ、君だよ、と伝えたくなるのだけれど、声には出さずに胸の中に仕舞っておく。

蛍光灯の白い光。低い空調の音。

柔らかい素材の床が、たくさんの分厚い本が、小さな音まで吸い込んでしんと静かな図書館の資料室。心地よく張り詰めた空気の中を伝わってくる春人君の気配がいつもよりも濃い。それを少しでも感じていたくて、だから私はなるべく空気を揺らさないようにそうっと新聞紙を捲った。

捲って、捲って、捲り続けていると、不意に春人君の頭がとろっと傾いだ。

普段しっかりしている春人君だけれど、まるで小さな子どもが下がってくる瞼に抵抗するように一生懸命瞬きを繰り返している。

「少し寝れば？　あとで起こしてあげるから」

私が囁くと、彼は小さく頷いて腕を枕にして頭を落とした。

眠っている彼の横で新聞を捲り続ける。

あまり見てしまうのも悪いかな、と思いつつ、つい見てしまう。腕枕に半分隠れた横顔、肩から背中を流れるシュッとした綺麗な曲線、寝癖だろうか、自転車を漕いだ時にできたのだろうか、後ろの方でツンと撥ねた髪。手を伸ばしてそっと直してあげたくなる。……それができたらどんなにいいだろう。

春人君は不思議な人だ。

隣で緩やかに背中を上下させながら眠っている。たったそれだけで、その微かな動きと小さな寝息だけで、空間をふんわりと鋤き込むように空気を柔らかくしてしまう。私の気持ちまでふわふわと柔らかくなる。

眠っている彼を横目に見ながら、ぼんやりと思う。

もしも私が――

＊

ちゃぷ、と足元で水が跳ねる音がした。

身を翻すように川の中を魚が遠くへ泳ぎ去っていく。

――水面で光が揺れている。

ゆらゆらと揺れる白い光のモザイクの合間に記憶の破片が消えていく。

……もう何度目だろう。こうやって記憶の中に埋没してぼうっとしてしまうのは。

ぎゅ、と橋の欄干を摑み直すと、砂時計の最後の砂の一粒が零れ落ちていくみたいに頭の中が空っぽになった。

ざわざわとあちこちの茂みで葉が揺れる。

ふっと視界が翳り、見上げれば白くてふわふわと頼りない雲が太陽に被さって形を変えながらゆっくりと流されていくところだった。風が吹き、細かい棘（とげ）が立つみたいに川の表面が蒼くささくれ立ち、凪いで平べったくなった。

欄干を摑む手に力が入る。

——あの日。春人君と二人で図書館に行った最後の日、私は思ってしまった。もしも私が消えることができなくて、このまま永遠に彷徨い続けるとして、でもそれがこういう時間だとしたらこのままでもいいかもしれない。……今みたいな時間がずっとずっと続いてくれたらいい。

そんな自分勝手なことを。

春人君と会わなくなってしばらく経った今でも思う。あの時、あの記事を見つけさえしなければ、私は今ここで記憶を慕いながら一人で立っていることもなかったのかもしれない、と。

雲が切れた。

光が伸びて、川を、木立を、木立から伸びる枝葉を、遠くの街を明るく染め上げていく。あの光の下に広がる景色を私はよく知っている。祖父母のお墓や友達の家、通っていた学校や毎日歩いていた通学路、小さい頃よく遊んだ公園に、足しげく通った文房具店……——無意識に左手首の腕時計に手が伸びる。

からりと青いプラスチックの腕時計。その透明な文字盤を覗き込む。

午前八時五十分。

ふと誰かに呼ばれたような気がして、振り向いた。

左右を木立に囲まれた古い道には……誰もいない。

道の奥、風にさざめき合う木洩れ日の中で何かが微かに動いている。

流線形の小さな身体に細い脚。鶺鴒だ、と思ったのも束の間、光の帯を縫うように一羽の鶺鴒が舞い降りて来てそのすぐ隣に着地し、小さく跳ねるように二羽で並んで歩き始めた。けれどそれも短い時間だった。元々歩いていた鶺鴒なのか後から来た鶺鴒なのか遠くて見分けがつかないけれど、どちらか一羽が遠くへ飛び去った。ぼんやりとしていたら、いつの間にかもう一羽もいなくなっていた。

——動かなきゃ。

白っぽく光る無人の道を見て、そう思う。

動かなきゃ。

私には守るべき人が、守れなかった人がいる。その人は——母は、たぶん今この瞬間にも誰かの助けを待っている。助けに行かなくてはならない。

けれど身体に力が入らない。

ふっと笑ってしまう。おかしくもないのに。

資料室で見つけた記事で過去を思い出し、春人君と別れ、地元の端まで歩いてきて、これ以上踏み出せない自分に何度も失望しながら気が付いたのは、私はきっと終わることができないだろうということだった。……もしかすると私は母を助けたくないのかもしれない。動けないということはつまり、そういうことなのだと思う。

風が吹き、木立が膨らんでざわざわとうねった。

目にかかった髪をそっと払う。

風が止む。


――川面で光が揺れている。

無数の水鏡が降り注ぐ太陽の陽射しをばらばらに分解していく。

眩しくて、眩しさが気怠くて、欄干に凭れて目をつむる。

……何も要らないから、このまま消えてしまいたい。心からそう思う。

でもそれは無理なのだろう。

私は一番身近な人を、ちゃんと大事にできなかった。大事にすべき人と、ちゃんと向き合わなかった。このままではきっと消えて楽になることなんてできない。

私は冷たい人間で、私は悲しい人間で。

これは、きっと罰だから。

ガシャーン！

突然、耳を劈(つんざ)くような金属音が響いた。

ビクッとして振り返ると、橋の袂で横転した自転車の後輪で銀色の細いフレームが光を搦(から)めとるようにカラカラと音を立てて空転しているところだった。

「サキ？」

明るい陽射しの中を、見覚えのある人が地面に足を閊えさせながら歩いて来る。

私は思わず後退(あとずさ)り、ここにいるはずのない人の名を呟いた。

「……春人君？」

◆

――やっと見つけた。

心臓が痛いくらいに膨れ上がり、ばんばんと肋骨(ろっこつ)を打つ。自転車を乗り捨て、僕はサキの元へと向かった。足がもつれて転びそうになる。ペダルを漕ぎ過ぎたせいか緊張のせいか、手足が痺れて上手く言うことを聞かない。

湿った土と草いきれ。

溢れるような水の匂い。

川いっぱいに白く明滅する無数の光で目がちかちかする。

感覚の薄い足に力を込め、橋を踏みしめる。小さな、本当に小さな手がかりを頼りに、ようやく、……ようやくここまで辿り着いた。

唖然とした様子で微動だにしない彼女の前に立つ。

戸惑いを含んだ黒い瞳の上で水面で弾かれた光が微かに揺れている。細やかな光と影が織り成す繊細な輪郭、手首の青い玩具の時計。

サキだ。幻覚じゃない。

「……よかった、会えた……！」

……――消えてなかった。

詰めていた息を吐いた途端、ガクッと足の力が抜けて僕は橋に手を付いた。

よかった、間に合った。今になって震えが来た。汗と一緒に熱いものが込み上げてきて、橋の上にぽつりと落ちる。

シャツの袖で目元を拭う。

一つ落ちると、後から後から止まらなかった。

「――どうしたの？　何かあった？」

遠慮がちにサキが言う。

「何かあった、って……それ、本気で言ってる？」

その心配そうな声に僕の中で何かが切れた。

「君が勝手にいなくなったんだろう！　君は……いつもそうだ。そうやって、人を気遣う振りをして……自分のことは後回しで……自分の本心は出さないで……！　君は人に、僕に、本心を話してくれたことなんて一度だってないだろう！」

溢れ出す涙を振り払いながら、抑え切れず、僕は怒鳴った。

「いなくなるならせめて理由を話してからにしろよ！」

サキは微動だにしなかった。

僕の声は白っぽく光る景色の中に虚しく吸い込まれていった。

自分の荒い息遣いがやたらと耳につく。

僕は震えそうになる拳をぎゅっと握り、唾を呑み込んだ。

少しずつ、上がっていた息が落ち着いていく。

明るい陽射しの中で彼女は悲しそうだった。

黙ったまま悲しそうな目で僕を見つめている。

——サキはどの程度思い出しているのだろう。

サキが黙っていなくなったのには、きっと何か理由があって。今ここでこうやって黙っていることにも、きっと何か理由があって。——僕は奥歯を噛みしめた。……この期に及んでまだ僕は逃げ出す理由を彼女の中に探している。

「……ごめん」

言いながら、トクトクと脈拍が逸っていくのを感じた。

「本当はあの時、最後に図書館に行った日、気付いてたんだ。ちょっと様子が変だなって。……でも、気付かない振りをした。ちゃんと話をすると、サキが消えてしまう気がして。たぶん、それが怖くて」

僕は鞄を開けた。

手を入れた拍子に指先にクリアファイルの角がちくりと刺さる。僕はファイルから二つ折りのコピー用紙を取り出し、サキに差し出した。

「開けてみて」

彼女は動かない。

「——開けて」

もう一度促すと、サキはそうっと手を伸ばし、二つ折りの紙を開いた。

全国高校総合美術展　優秀賞『十六歳の君』
作者　〇〇高校一年　今井歩君

サキが僕を見た。

それは数日前、僕が図書館で見つけた新聞記事のコピーだった。

◆

川面で光がさざめいている。

もう逃げられないと悟ったのか、河原に並んで腰かけると、サキは膝を抱えて遠くを見つめながら生きていた頃のことを話し出した。

絵が好きだったこと、お母さんの調子がずっと悪かったこと、それを何とかしようとしたこと、結局何も行動できなかったこと。

淡々と話が進んでいく。

話し続ける彼女の隣で僕は何故か祭りの夜のことを思い出していた。ぼんやりと霞む宵闇に点々と連なる提灯の明かり、行き交う人々、カラコロと鳴る下駄の音、人いきれと風鳴りのようなざわめき……——祭り会場から遠ざかっていく時、サキと二人で同じ道を歩いているのに、一緒に歩いている感じがしなかったこと……。

彼女が話を終えた時、言うべきことが思い浮かばなくて、でも無理矢理何か言葉を紡ぐのも違うような気がして、そっか、と僕は頷いた。

彼女も黙って頷いた。

風に吹かれて草がさわさわと優しく靡く。

二人で黙り込んでいることに不思議と焦りはなかった。これまでサキとはたくさんの沈黙を共有してきたけれど、それは今までのどの沈黙とも質が違っているように感じられた。

高く澄み透った空に浮かぶ白い雲、小石の上をきらきらと駆けていく透明な水。どこか遠くから渡ってくる風が、随分と柔らかくなった明るい陽射しが、肌に優しく馴染んで、指揮もなく方々から響き合う虫の声と不思議と調和がとれていた。

澄んだ空気の中を綺麗に伸びては消えていくその音を聞きながら、ああ、夏が終わってしまったのだと気付いた時、サキが口を開いた。

「春人君と初めて会った時……最初の頃はね、ただ消えたいと、そのために春人君に手伝ってもらってるんだと思ってた。……実際にそうだったんだと思う」

彼女はじっと新聞記事のコピーを見つめながら言った。

「でも、途中から、わからなくなった。私は消えたいというよりは、ただ……ただ春人君に隣を歩いてほしいだけなのかなって。……だとしたらそれは、とても怖いことだと思った」

サキは初めて会った時のように小刻みに震えている。

気付けば手が伸びていた。

彼女の掌から新聞記事のコピーを引き受け、皺を伸ばし、改めて記事を眺める。

——図書館でサキが見つめていた記事を探していて、僕がすぐにそれとわかったのは、そこに彼女が描かれていたからだ。作中のサキは教室で椅子に座り、静かにこちらを見つめている。絵はまるで彼女の纏う空気を丸ごと写し取ったみたいで、場所も体勢も違うのに、教室で椅子に座るサキと今ここで動けずにいる彼女の姿は奇妙に重なって見えた。

それをじっと眺めていたら、不意に、何をどうすればいいのかがわかった。

どうしてわかったのか、はっきりとはわからない。夏の間サキをずっと近くで見てきたからかもしれないし、今ここで、すぐ隣で彼女が涙もなく泣いているからなのかもしれない。でもそれだけではないような気がする。

僕には僕の物語があるように、サキにはサキの物語があって。たとえば僕がどこかで雨を眺めていた時も、友達と喧嘩をしてしまった時も、母さんが死んでしまった時も、サキはこの世界のどこかにいて、サキが絵を描いていた時も、どこかの道で立ち止まってしまった時も、僕はどこかで何かをしていて。たぶん、そういうこれまで僕が見てきたことや、これまで彼女が見てきたものが積み重なって、一滴ずつ溜まっていった水が器から溢れ出すように、僕の中で何かが流れ出したのだと思う。

「――よし」

僕は記事を折りたたんで鞄の中に仕舞い、立ち上がった。

「行こう」

サキは追い詰められたような顔をした。

「ちょっと……それは……ごめん、無理。本当に無理……春人君にも迷惑だし、私は幽霊だし。ややこしいことになると思う」

数秒後、僕は彼女が言わんとしたことを理解した。

「大丈夫。サキん家に行くんじゃないよ」

どうやら僕がサキの家に一緒に行こうとしていると思ったらしい。サキらしいなぁ、と一瞬笑い出しそうになり、次の瞬間泣きたくなった。

自分でわからないのだろうか。消えることのできない本当の原因が。

……ああでも。

それがわからないのがサキなのかもしれない。それが彼女のいいところであり、悪いところでもあり、死んでしまった原因で、いつまでも消えることのできない原因なのだろう。

「ねえ、サキ」

僕は小さく息を吸って彼女の隣にしゃがみ込み、その手を摑んだ。

「逃げてもいいんだよ」

サキはきょとんとした。

「でも……」

彼女は今までで一番困惑しているように見えた。

「春人君ならどうする？」

「どうするって？」

「もし春人君の親が私の家みたいな状態になったら見捨てることができる？」

僕の頭に父の姿が浮かんだ。母の姿も。

「……僕はサキのことをわかりたいけど、だいぶ前提が違うから全部わかっているつもりで話をするのは無責任だと思う。……でも、まずは自分のことを守ると思うし、そうするべきだと思う。その後どうするかは、その時になってみないとわからないけど……。ただ、それは見捨てる、とは言わないと思う」

彼女はまだ躊躇っているようだった。

「いいから。行こう」

サキの手を引いて立ち上がると、躊躇いながら彼女も腰を上げた。立ち上がったのを確認して、僕は彼女を先導して歩き出した。

「ちょっと待ってて」

橋の袂で倒れている自転車を起こし、荷台の土埃を払い、いいよ、乗って、と声を掛けようとして振り返り、気が逸れた。

サキは僕に背中を向けて立っていた。

遠くの街を見ているようだった。

つられて僕もその街を、サキを育ててくれた景色を眺めた。

薄蒼い山の影。

豊かな緑と、その隙間から僅かに見える住宅街。

風に吹かれて彼女の髪が静かに揺れた。

「――行くよ」

声を掛けると、サキは一瞬間を空けて、何かに向かってぺこりとお辞儀をし、踵を返してこちらに歩いてきた。

「乗って」

彼女が荷台に乗ったのを確認し、僕は地面を蹴った。

グン、とペダルを漕ぎ出して、僕たちは二人でその場を後にした。

これからどこへ行こう、という話になった時、僕が頭の中に思い描いた場所とサキが口に出した場所はぴったりと重なった。

何本かの小路を抜け、目的地に向かっているうちに大きな川沿いの道に出た。土手に上がり、心地よい風の吹き抜ける視界の開けた道を前へ前へとひた走る。

途中、僕たちは休憩がてら土手を降りてみることにした。

ひび割れたアスファルトの緩やかな傾斜路を自転車を押しながら下り、隅っこに自転車を停め、あちこちに転がる大小様々な石に躓かないように歩く。心なし危なっかしいサキの足取りにペースを合わせ、二人で流れる川にゆっくりと歩み寄る。

大きいけれど、そんなに深くはない流れの穏やかな川だ。

僕は目いっぱい両手を上げ、うーん、と思いっきり伸びをして朝から自転車を漕ぎ通して強張っていた身体をほぐした。

透明な空の中をふわふわとたくさんの蜻蛉が飛んでいる。

ふと思いついて、ぱたりと腕をおろし、僕は足元を見渡した。

「春人君、何探してるの？」

「石。なるべく平べったいやつ」

「……これは？」

「うん、ちょうどいいね」

サキに渡してもらった平たい石を手に、軽く腰を落とし、川に向かって左足を踏み出す。踏み出しながら重心を前に移動させ、シュッ、と腕を振って手首を撓らせる。

一回、二回、三回、……石は水を切って飛んでいき、六回目で川に沈んだ。

川面にツー、と余韻の波紋が広がっていく。

「すごい」

サキは目を輝かせ、

「私もやる」

いそいそと足元の石を拾い上げ、真剣な表情で放った。

――何をどうしたらそうなるのかわからないけれど、サキが投げた石は真横に飛んでいって、他の石とぶつかってカチカチと乾いた音を立てた。

僕が笑うと、サキは恥ずかしそうに唇を噛んだ。

「私、幽霊だから」

「いやそれ関係ないでしょ」

思わず僕は突っ込んだ。そしてつい先ほどの危なっかしい足取りを思い出す。

「もしかしてサキって運動音痴？」

からかってみたくなって、でもサキがしょげるので、

「ごめんごめん」

僕が焦ると彼女は何故かちょっとうれしそうにした。

「コツか何かあるの？」

聞かれ、小さい頃、父に連れて来てもらった河原で教わったことを思い出す。

「平たい石を選ぶといいよ。あとは……手を離すタイミングかなぁ」

横に飛んでしまうということは、離すべきタイミングで全く離せていないということで。本当はもっとたくさんのコツがあるのだけれど、一度に全部は無理だろう。彼女の場合、まずは真っすぐに石を投げることが先決だ。

僕たちは次々と石を放った。

川面に無数の美しい幾何学模様が生まれては消えていった。

こんな風に無心で遊ぶのは久しぶりだった。

サキが目の前で笑っている。彼女がころころと表情を変えるのが、色んな表情を見ることができるのが何だかうれしい。

陽が傾いていくにつれ、空の色が変わっていく。

石を投げ疲れ、何となく二人で並んで座って夕焼け色に染まっていく川を眺めていると、

「石って、大きさで名前が変わるんだよ」

思い出したようにサキが言った。

「何ミリから何ミリの大きさは何、っていうきっちりした定義があった気がするけど、細かいことは忘れちゃった。ざっくり言うと……大きいのが岩、小さいのが石、もっ

と小さいのが礫(れき)、もっともっと小さいと、砂」

「へえ」

「これはきっと礫か砂だね」

言いながらサキが地面を撫でた。

僕は何となしに指先で岩の粒子を軽く摘まんだ。そのひと摘まみの中には、黒や灰色、黄土色に薄桃色、たくさんの種類の粒子があるけれど、僕には透明な石英くらいしかぱっと名前がわからない。

「あと、これ――」

サキが枝を拾い、地面に文字を書いた。

清水紗希
「私の名前。清水紗希」

「そっか」

僕はその文字を見つめた。

「サキは清水紗希って言うんだね」

紗希は頷いて、にこっと笑った。

沈んでいく太陽が山の端にかかろうとしている。

それを見ながら、僕は思った。

――明日も紗希は隣にいるだろうか。

もしかしたら明後日も、その次の日も、そのまた次の日も、会おうと思えば会えるのかもしれない。でも、たとえば五年後、十年後、二十一歳になった僕は、二十六歳になった僕は、きっと紗希とは一緒にいないだろう。こんな風に意味もなく石を投げ合ったりしてはしゃぐことはないだろう。

そんな気がする。

何だかじっとしていられず、僕は立ち上がり、目に付いた平たい石を拾い上げた。

「……たとえば好きな人ができたとして」

「？」

紗希が不思議そうに見上げてくる。僕は目を逸らし、石の砂埃(すなぼこり)を払った。

「相手も奇跡的に僕のことを好いてくれたとして」

「――うん」

「その人のために生きてはいけないと思うんだ」

「どうして？」

「その人はいつか、いなくなってしまうから」

石を放つ。

指先から石が離れていく瞬間、全てがピタリと重なり合った感触があった。

「あ」

紗希が小さく声を上げる。

石は黄昏(たそがれ)色の川面を点々と渡っていき、カツ、と小さな音を立て、向こう岸に辿り着いた。

金色の波紋が水の流れに消えていく。

目が合うと、紗希が言った。

「──届いたね」

「うん」

「やった」

くしゃ、と笑う紗希を見て、僕の胸はいっぱいになった。

川がとめどなく流れていく。

金色と赤紫と藍色が溶け合う空に、ちらほらと星が出始めている。光のいたずらか、空と川の境界が薄くなり、遠くに見える橋や木々、川岸の黒々とした影が、まるで三百六十度の幻想的な影絵のようだった。

「きれいだね」

紗希が言う。

「うん、きれいだね」

僕はそっと彼女の手を握った。

僕たちは手を繋いで刻一刻と空の色が変わっていくのを、陽が完全に落ちきるまで眺め続けた。


「あの、春人君」

再び自転車に乗り、土手を走っていると紗希が小さな声で言った。

「ん？」

「きっと遠かったよね。記事を見て高校の名前だけわかっても、あの場所を見つけるのは大変だったでしょ？　あの街にいるとも限らないのに。探しに来てくれてありがとう」

僕は首を振った。

「最初はさ、街中にいるのかなって思ったんだ。でも、よく考えてみたら紗希は川が好きだったな、って。だからさ、意外とそうでもないよ」

「でも、ありがとう」

反射的に首を横に振りかけ、僕は思い直した。紗希の気持ちをちゃんと受け止めようと思った。頷くと、不意に涙が込み上げて来て、僕は彼女に気付かれないよう歯を食いしばってぐっと背筋を伸ばした。

「——前も聞いたけど」

「ん?」

「……春人君はどうして私に付き合ってくれるの?」

「自分でもはっきりとはわからないんだけど」

どうしてだろう。

「ただ、紗希に初めて会った日は母さんの命日だったんだ」

僕は話をした。

小学四年生の時に突然母が亡くなってしまったことや、その日を境に日常が変わってしまったこと、母がいない日々が新しい日常になってしまったこと、それが平気になってしまったこと……他にも、思いついたことを思いつくままに話した。

僕が話し終わった時、

「そっか」

紗希が呟くように言った。

それからしばらく僕たちは無言だった。

紗希を自転車の荷台に乗せて、僕の育った街中を通り過ぎる。

駅前通りの商店街、赤い鳥居と小さな祠、白壁の駄菓子屋にスポーツ用品店、昔通っていた小学校……。

不思議と視界が冴えていた。

真珠を鏤めたようにぽつぽつと白く浮かび上がる街灯も、通り過ぎる車のライトも、誰かがここで迷わないようにと、いつか誰かが道に添えた古い標識も、チカチカ点灯する信号機も、街中に明かりを運ぶ幾筋もの黒い電線も、平らに均（なら）された地面すらなんだかきれいに見えた。

住宅街を抜け、田んぼ道を走り——そしてようやく通い慣れた橋に辿り着いた。

橋の袂に自転車を停め、紗希を降ろす。

澄んだ夜の空気の中に秋の虫の呼び合う声が溢れていた。凛と立つ彼女の立ち姿に、一瞬、言葉が出て来なくなった。

「——明日、日曜日だから。ここで午前九時に待ち合わせでいい？」

僕は無理矢理言葉を絞り出した。

「うん。お願いします」

紗希は頷いた。

そして何か言いたげな顔をした。

僕は自転車のハンドルを握る手を緩め、待った。

「春人君」

しばらくして、紗希は僕を見つめて言った。

「いつかあなたが寂しい時に、傍にいることはできないけれど、今この瞬間、私は春人君のことを祈っています。あなたのことを大事に思っている人間がいたということを、どうか忘れないでほしい。——私が消えた後も、私の祈りはどうか最後まで持っていって」

「……ありがとう」

橋の袂に佇む彼女を見て、僕は唐突に気が付いた。

紗希は消えるのかもしれない。でもたぶん僕は、紗希がいなくなっても、紗希と出会う以前の僕にはきっと戻れない。紗希の存在は、その影響はもう既にどうしようもなく僕の人生に織り込まれてしまっている。

「大丈夫。ちゃんと持ってくよ」

彼女がいなくなるということがどういうことなのか、その時になってみないとわからない。でもちゃんと持って行こうと思う。うれしいことも、悲しいことも、彼女の気持ちも、全部。

自転車に跨り、じゃあね、と言いかけて僕は思い直した。

「紗希」

「なに？」

「またね」

紗希は一瞬きょとんとして、笑顔で言った。

「うん、またね」

——その始まりがいつだったか、はっきりとは覚えていない。

気が付けば私は知らない町の知らない橋の上にいた。

見覚えのない景色の中で、漠然と、自分はもう生きてはいないのだろう、ということだけは感覚的にわかって、だから、消えよう、と思った。

消えるべきだ、と。

そして、崖から飛び降りた。

ひと気のない森の中で首を吊ったり、川に飛び込んだり、できるだけ人に迷惑を掛けないように、消えるために色々試した。でもどれもこれも、私を消してはくれなかった。

消しても消しても、気が付くと私は最初の橋の上に戻ってしまっていた。

私はそこで秋を見た。

冬を見た。

春を見た。

二回目の夏が兆した時、その場に居続けることへの恐怖に耐えられず、私はそこから歩き出した。寒さも暑さも感じず、季節の継ぎ目はぐにゃぐにゃとして、まるで永遠に伸び続ける陽炎の中を歩いているみたいだった。

遠く白い雲の下を緩やかに走るブリキの玩具みたいな電車。

鬼のように紅い夕焼け。

今にも消えそうな、か細い月。

まるで何かの拍子にラジオの周波数が合ったり外れたりするみたいに、そういうものが時折意識されては消えていった。

私は歩き続けた。自分が何を目指しているのかもわからないまま、何日も何日も歩き続けた。歩いて、歩いて、歩き続けて――どのくらい歩いただろう。

ふと顔を上げた時、遠くに見える橋の上で誰かがじっとしているのが目に留まった。

近づくにつれ、少しずつその人の姿がはっきりと見えてきた。

白いシャツに黒いズボン……学生服……高校生だろうか。

彼は一人だった。

一人でずっと、川を見つめていた。

どうしてそうしようと思ったのか、はっきりとはわからない。でもたぶん、彼が一人で橋に立っていたからだと思う。

私は彼に声を掛けた。

「あの」

「私を消してくれませんか？」

彼は少し戸惑ったような顔をした。

——歩き始めてから人とすれ違ったことは何度もある。でも正面から人と対峙するのは初めてだった。間近で見つめられ、しまった、と思った。違う言葉で話しかければよかった。言い直そうとして、でも言葉が何も浮かんでこない。

消えること。

私にはそれ以外、もう何も考えられなくなっていた。

そんな私に、彼は言った。

「……大丈夫ですか？」

「え？」

「いや、なんか震えてるんで……」

指摘されてはじめて身体が震えていることに気付く。

「……さむくて」

私は嘘を吐いた。本当は寒いのではなく、怖かった。人と話すのも、こんな風に正面から見つめられるのも。

彼は怪訝(けげん)そうに首を傾げた。

「さむい？」

今は夏なのに。寒いというのはおかしい。でも、

「はい。でも、さむいのは平気です」

身体の震えが止まってくれなくて、今更怖いだなんて言えないから、余計に変なことを口走ってしまう。

どうしよう。

言いたいことを上手く伝えられない。それ以前に、人を前にすると緊張して考えがまとまらない。……そもそも自分が何を言いたいのかもわからない。

立ち去られるだろうと思った。それが当然だと。

けれど、彼はそっとハンカチを差し出して、言った。

「よかったら」

……思い出すと、ちょっと笑ってしまう。

時計を見る。

約束の時間までまだもう少しある。

秋晴れの澄み透った水の色。

朝の川は美しい。

秋が始まったからなのかわからないけれど、今までと光の質が違って見える。景色のすみずみまで瑞々しくて、いつもよりも何だかきらきらしている。

眺めていると、とろっと眠たいような気持ちになった。

――川面で光が優しく瞬いている。

きれいだな。

そう思った時、ふわっと景色がぼやけた。

◆

目覚ましが鳴っている。

手探りでボタンを押し、ベルを止めた。

しんと静まり返る部屋。

外ではぽつぽつと雨が降っている。

天井を見つめ、屋根に落ちる雨音を聞きながら、思う。

今日もちゃんと朝がきた、と。

部屋を出て階段を下り、洗面所で顔を洗う。

台所の小窓を開けると、しっとりとした優しい雨の匂いがした。

朝食の支度をしようと冷蔵庫を開けて中身を確認している時、

「おはよう」

父が背後を通った。僕もおはよう、と挨拶を返す。

冷蔵庫からトマトと胡瓜、卵を取り出し、扉を閉める。卵をボウルに割り入れ、菜箸でカチャカチャと軽く混ぜる。チーズをちぎってボウルに落とす。父が新聞紙片手

に戻ってきてテーブルに着いた。卵焼きを皿に載せてテーブルに置くと、

「ありがとう」

父は大きく広げた新聞から目を上げ、僕と皿を見比べた。

「卵焼きか。珍しいな」

僕はうん、と短く頷いた。いただきます、とどちらともなく手を合わせ、

「うん、うまい」

卵焼きを一口食べて父は言う。

いつもと変わらない朝。

先に朝食を平らげた僕は父を一人席に残し、自分の分の皿とグラスを持って立ち上がった。食器を洗い、棚に戻す。

自分の部屋に戻り、制服に着替えた時、机の上で何かがきらっと光った。

青いプラスチックの腕時計。

その長針が、カチ、と動く。

——そろそろ時間だ。

僕は小さく息を吸い、鞄を肩に掛け、部屋のドアを開けた。

あとがき

はじめまして。葦舟(あしふね)ナツと申します。

物心ついた頃から、生きるのって大変だなあ、と感じていました。

中学生くらいの頃は特に、消えたいなあ、と思っていました。

うれしいこともあるけれど、悲しいことが多過ぎる。人のことを解ったり解ることができなかったり、人に解ってもらえたり解ってもらえなかったり、誰かを許せたり許せなかったり、何かを得たり失ったり……。そういうことを繰り返しながら生きて行く中で、小説を読んだり書いたりするようになり、小説は誰かの心を、自分の心を知る手立ての一つなのかなと気が付いた頃、小説家になりました。

小説の一番の強みは心理描写だと思います。世の中の悲しいことのほとんどは、原因を追っていけば人の心に辿り着きます。良くも悪くも人は皆繋がっているので、人の心を考えることが悲しいことと戦う術なのだと私は信じています。今はまだ。

そうやって今回、消えたい人間が〝消える〟話を書きました。

はじめまして、と言いつつ、今作はデビューから数えて二作目です。

余談ですが、一作目の『ひきこもりの弟だった』は書き上げた時点で解釈が割れることが予想されたため、あとがき等、読者の解釈の邪魔をしそうな言動は省きました。〝あの最後はどういうこと？〟と聞かれることがありますが、小説は作者よりも読者の解釈が圧倒的に正しいので答えることが難しいです。ただ、作品に込めた意図や願いはあります。そしてそれは作品で語るべきであり、そういう意味では今作全体が一作目のあとがきです。一作目と今作は対になっています。対であっても全くの別物でもあるので、一作目が未読でも今作に影響はありません。

謝辞です。

この作品に携わってくださった全ての方に感謝申し上げます。小説家になって一番衝撃を受けたのは、顔も名前も知らないまたくさんの方のお力を作品にいただいているということです。私、今作で何度締切を破って皆さまの大事な予定を狂わせてしまったことでしょう……。ご迷惑をおかけしました。今後作品でお返しします。

また、素敵なイラストを描いていただいた、げみ様、担当編集様、今更なのですが一作目に推薦文を寄せていただいた三秋縋(みあきすがる)様、一作目に携わってくださった方、一作目の読者様、今まで私に関わってくださった方、今はいない大切な人。

そして、『消えてください』を手にとっていただいたあなたに。感謝を込めて。

２０１９年10月　葦舟ナツ

＜初出＞
本書は書き下ろしです。

この物語はフィクションです。実在の人物・団体等とは一切関係ありません。

◇◇メディアワークス文庫

消(き)えてください

葦舟(あしふね)ナツ

2019年11月25日　初版発行

発行者　郡司 聡
発行　株式会社KADOKAWA
〒102-8177　東京都千代田区富士見2-13-3
0570-06-4008（ナビダイヤル）
装丁者　渡辺宏一（有限会社ニイナナニイゴオ）
印刷　株式会社暁印刷
製本　株式会社ビルディング・ブックセンター

ISBN978-4-04-912631-0 C0193

メディアワークス文庫　https://mwbunko.com/

本書に対するご意見、ご感想をお寄せください。

あて先
〒102-8584　東京都千代田区富士見1-8-19
メディアワークス文庫編集部
「葦舟ナツ先生」係

◇◇◇